우리 곁의 동물은 행복할까

우리 곁의 동물은 행복할까

초판 1쇄 발행   2021년 3월 1일

지은이   오석헌
펴낸이   조미현

책임편집   김솔지
디자인   정은영

펴낸곳   (주)현암사
등록   1951년 12월 24일 · 제10-126호
주소   04029 서울시 마포구 동교로12안길 35
전화   02-365-5051
팩스   02-313-2729
전자우편   editor@hyeonamsa.com
홈페이지   www.hyeonamsa.com

ISBN 978-89-323-2120-2 03810

우리 곁의 동물은 행복할까

구하고
치료하고
보내는

수의사의
일

오석헌 지음

현암사

차례

들어가는 글

역사적으로 인류는 생존을 위해 동물을 옆에 두고 이용해왔다. 오늘날 우리가 동물들을 삶에 들여놓는 이유는 더더욱 다양해졌다. 생활을 함께할 가족으로 맞아들이기도 하고, 축산업을 위해 사육하기도 하며, 연구나 관찰을 위해 특정 시설에서 기르기도 하고, 야생에서 살다가 인간에 의해 다친 동물을 구조해 돌보기도 한다.

사람들만큼이나 다양한 공간에서 다양한 방식으로 살아가고 있는 생명들을 우리는 일상생활 속에서 얼마나 인지하며 존중하고 있을까? 서식지가 오염되고 파괴되어 야생동물들은 죽어가고, 동물 복지와 관련된 이슈들이 계속 발생하고 있으며, 신종 전염병이 나타나 인류를 전쟁보다 더 큰 위협에 빠뜨렸다. 누가 이러한 문제에 대한 책임에서 자유로울 수 있을까?

수의과대학에 입학한 뒤로 25년이 지났다. 수의사가 되어 야생동물 구조센터, 동물원, 아쿠아리움, 동물병원 등에서 일한 지도 15년이 훌쩍 넘었다. 이렇게 다양한 환경에서 수많은 종의 동물을 치료한 수의사도 흔치는 않을 것이다. 마냥 동물이 좋아 수의사가 되기로 했던 청년은 이 시간들을 보내며 동물이라는 생명에 대해서, 수의사라는 직업에 대해서 많은 것을 느끼며 살았다.

여전히 수의사라는 직업이 낯설게 느껴질 때가 있다. 아직도 수의사라는 직업의 무게를 제대로 감내하기 어려워서일까? 다른 생명에 직간접적으로 관여하고 그 생사를 판단하는 일은 같은 하나의 생명일 뿐인 인간에게 부담스럽고 벅찬 일이기도 하다. 진료 현장에서 동물들을 구하고 치료하고 보내다 보면 많은 생각을 하게 된다.

내가 일했던 그 진료 현장들에는 다양한 동물들이 여전히 살아가고 있다. 우리가 다양한 인간관계를 맺으며 사회에서 살아가는 것처럼 동물들도 사회적 관계를 형성하고 생로병사를 겪으며 자신들의 공간에서 살아간다. 그 현장의 이야기를 들려주고 싶었다. 각 분야를 가장 잘 아는 사람들은 내부에 있는 사람들이며, 현장에서 땀 흘리며 동물들과 함께 지내는 사람들이다. 다른 동료들과 동물들과 함께하며 느꼈던 생각을 이 책에 가감 없이 적어 내려갔다.

인류의 더 나은 미래와 안녕을 보장받기 위해서라도 우리는 주위 생명의 삶을 살펴보고 그들과 조화롭게 공존하는 법을 고민해야 한다. 변화는 그냥 주어지지 않으며, 고민은 누군가 대신 해줄 수 있는 것이 아니다. 우리가 먼저 동물을 바라보는 시각을 달리해야 그 변화는 하루 빨리 앞당겨질 수 있다.

내가 써내려간 소소한 경험들이 다른 생명에 대한 존중을 불러일으킨다면 좋겠다. 일상생활 속에서 마주치는 동물들의 삶을 보다 다양한 시선으로 바라보고, 미처 인지하지 못했던 생명들의 자취에 귀 기울일 수 있기를. 그리고 생명에 경중을 두지 않고 평등하게 존중할 수 있는 시각을 갖추는 데 이 책이 작은 도움이 되기를 바란다.

동물과
함께한
어린 시절

어린 시절을 떠올려보자. 어릴 때 좋아했던 동물이 있었던가? 친하게 지냈던 동물은? 동물을 키우고 싶다고 떼를 썼던 적은 없었나?

좋은 기억이든 나쁜 기억이든, 또렷하든 흐릿하든 누구에게나 추억 속에는 동물이 있다. 이 세상에서 살아가는 것은 인간만이 아니기에 모든 아이들은 자라나며 다른 생명을 만난다. 유아기와 아동기는 특히나 다른 생명들에 대한 관심이 지대할 시기다. 개나 고양이와 가족으로서 함께 살아가며 유대를 맺고, 집 밖에서 곤충과 동물을 관찰하면서 세상을 배운다.

　나 또한 예외가 아니었다. 수의사로서 만난 동물들에 대해 본격적으로 이야기하기 이전에 내 세상을 넓혀준 동물들에 대해 먼저 이야기를 해보고 싶다. 인터뷰를 할 때마다 듣는 '왜 수의사가 되었어요?'라는 질문에 대한 답으로 그들에 대한 이야기를 빼놓을 수 없기 때문이다.

기억이 나지 않을 만큼 어렸을 때 이야기다. 밖에서 놀고 있는 나를 찾아나선 어머니의 눈에는 언제나 혼자서 개미나 새를 가만히 지켜보는 꼬마의 모습이 들어왔다고 한다. 내가 다녔던 초등학교 건물은 ㅁ 모양이었는데 중심에 작은 연못과 정원이 있었다. 그 연못은 내가 제일 좋아하는 장소였다. 작은 물고기들이 연못 안에서 힘차게 헤엄을 치고 온갖 곤충들이 그 주위를 분주하게 돌아다녔기 때문이다. 그렇게 만날 수 있는 생명 중에서 나는 개미를 가장 좋아했는데, 열심히 먹을 것을 옮기며 돌아다니는 모습이 흥미로웠다.

　우리 동네에서 만날 수 있는 큰 동물이라고는 집을

　　　　　　　　동물과 함께한 어린 시절

지키는 개나 가끔씩 배회하는 고양이밖에 없었다. 더 나가면 천장에서 뛰어 다니는 쥐 정도? 이들을 제외하고 만난 동물이라고는 곤충이나 개구리, 주변에서 날아드는 새, 간혹 보이던 박쥐처럼 사람들의 관심에서 멀어진 동물이 다였다.

그 시절만 해도 집 안에서 동물을 키우는 집은 찾아볼 수 없었다. 동물은 마당이나 동네를 돌아다니며 사는 것이 당연했다. 개를 안고 다니며 실내에서 같이 생활하는 것을 상상할 수 없었다. 반려견이라고 해도 집을 지키기 위해 대문 앞이나 마당에 묶어서 키웠다.

친구 규태의 집도 개를 그렇게 키웠다. 복돌이라는 개가 문을 지키는 규태의 집에 들어가기 위해서는 언제나 작전을 짜야 했다. 규태는 내가 들어가기 전에 개를 붙들어 안고 나한테 신호를 보냈다.

"지금이야. 들어와!"

나는 신호에 맞춰 대문을 통과해서 뒤도 돌아보지 않고 마루까지 뛰어 갔다. 무사히 마루에 안착해야만 방에 들어가서 편하게 놀 수 있었다. 다행히도 그 개는 마루에 올라가면 더 이상 짖지도 관심을 보이지도 않았다. 복돌이는 내가 저를 무서워하는 걸 알았는지, 가끔 맛있는 걸 먹으며 걸어가는 나와 동네에서 마주치면 사냥개처럼 달려들고는 했다. 지금 생각해보면 복돌이는 사람에 대한 두려움이 강했던 것 같다. 우리는 서로를 무서워했던 셈이다. 복돌이는 어렸던 내게 개에 대한 두려움을 심어주었지만, 자라면서 사람을 좋아하는 개들을 만나 그 두려움은 점차 옅어졌다.

그 시절에는 키우는 개가 아프면 보양식을 먹이고 곁을 지켜주는 게 다였다. 사람 병원도 날 잡아서 가던 시절에 동물을 병원에 데려간다는 일은 상상조차 할 수 없었다.

어느 날 앞집에 사는 삼순이라는 개가 뛰어 다니지도 않고 밥을 먹지 않는다고 친구 재호가 걱정을 털어놓았다. 재호를 따라가 보니 다른 때 같았으면 뛰어나와 달려들 삼순이가 그저 조용히 앉아 눈을 반쯤 감고 있었다. 아픈 기색이 역력했다. 삼순이는 복돌이와는 다르게 동네 아이들과도 신나게 잘 뛰어놀던 개였는데 아파서 누워 있는 모습을 보니 나도 덩달아 눈물이 났다. 재호 어머니는 삼순이의 몸이 뜨겁다며 시원한 물

　　　　　　　동물과 함께한 어린 시절

수건으로 닦아주라고 하시며 백숙을 준비했다. 재호와 나는 삼순이의 몸을 닦으며 어서 일어나라고 응원했지만 삼순이는 계속 축 늘어진 채로 재호를 바라볼 뿐이었다. 재호 어머니는 백숙의 닭고기와 밥을 잘게 다져 미지근하게 식혀 먹이려 했지만 삼순이는 끝내 백숙을 삼키지 않았다.

그날 저녁 재호와 백숙을 같이 먹고 집으로 돌아왔고, 다음 날 삼순이는 우리 곁을 떠났다. 그땐 삼순이가 왜 아팠던 건지 알 수 없었지만, 지금 돌이켜보면 자궁 축농증 같은 급성 감염성 질환 때문이 아닐까 싶다. 적절한 치료가 있었다면 우리와 함께 더 뛰어놀았을 삼순이는 그렇게 떠났다.

죽어가는 동물을 만났던 기억은 이것 말고도 더 있다. 동네에서 아이들과 뛰어놀고 있으면 누군가 "여기 개가 피를 흘리고 있어!"라고 소리친다. 동네 꼬마들이 우르르 몰려간 곳에는 개가 피를 토하며 힘겹게 누워 있다. 주위의 어른들은 쥐약을 먹은 것 같다고 하며 주인을 부르고 주인은 눈물을 흘리며 개가 눈을 감을 때까지 곁을 지킨다. 이런 상황을 일 년에 한두 번 정도

겪었다. 죽어가는 동물이라고 하면 나는 늘 이 풍경을 먼저 떠올린다.

지금은 동물병원이 곳곳에 보이지만 그때는 그런 게 존재하는지도 몰랐다. 당연히 수의사라는 직업이 있는 줄도 몰랐다. 죽어가는 개 옆에 모인 사람 중 그 누구도 수의사에게 데려가야 한다고 말하지 않았다. 우리 동네에는 동물병원이 없었기 때문이다. 가축을 키우는 집이 있었던 것도 아니고, 반려동물을 애지중지하는 사람도 없는 동네. 동물병원이나 수의사라는 단어조차 낯선 곳이었다.

수의사라는 직업을 알게 된 건 중학교에 들어가서였다. 수의사는 가축의 질병을 치료하는 직업이라는 설명을 들었다. 눈앞에서 약을 먹고 죽어갔던 개들이 떠올랐다. '개를 치료해주는 수의사는 없을까?'하는 궁금증이 생겼고, 그렇게 수의사라는 직업을 마음에 두었다.

고등학생이 되어 버스를 타고 통학을 하면서 처음으로 동물병원을 보았다. 등굣길에 있는 그 동물병원을 매일 버스 창문 너머로 볼 수 있었다. 버스가 그 앞을 지나갈 때마다 뚫어져라 쳐다보곤 했다. 학교가 일찍 마치는 토요일에는 두 정거장을 걸어 가서 동물병원 앞을 서성이며 안을 살펴보았다.

버디를 만난 건 그때쯤이었다. 고등학교를 다니던 어느 날 아버지께서 꽤 덩치가 있는 코커스패니얼 품종의 개를 데려오셨다. 검은색과 흰색의 얼룩무늬가 있는 그 개에게 버디라는 이름을 주었다. 버디는 내 첫 반려견이었다. 주인이 있었던 버디는 교육을 잘 받았는지 늘 우리를 인내심 있게 기다려주었고 우리와 함께하는 생활에 감사하는 것처럼 보였다. 버디는 6개월 뒤에 원래 주인에게 돌아갔다. 반 년이라는 짧은 기간이었지만 나는 버디에게서 동물과 함께 사는 즐거움을 배웠다.

이처럼 나는 대학에 가기 전에 동물을 반려하며 깊은 유대를 맺은 경험이 거의 없었다. 그저 함께 뛰어 놀던 이웃집 개들, 지붕 위를 자유롭게 돌아다니던 도둑고양이(예전에는 유기묘나 길고양이가 아니라 도둑고양이라고 불렀다)나 여기저기 기웃대던 새들을 만났을 뿐이다. 그저 죽어가던 생명들이 안타까웠고, 수의사라는 직업을 일찍 알았다면 그들을 살릴 수 있었지 않을까 했다. 슬픔이 나를 이 길로 이끌었다.

지금까지 병원을 운영하면서 버디라는 이름의 개를 세 번 만났다. 지금도 '버디'라는 이름이 진료 대기 목록에 뜨면 의젓한 코커스패니얼 버디가 먼저 띠오른다. 어린 시절을 함께했던, 나를 이 길로 이끈 그 동물들도 함께.

사람이 없는 곳에도
동물은 살아간다

수의사라고 하면 대부분의 사람들이 막연히 동물병원에서 개와 고양이를 진료하는 모습을 떠올릴 것이다. 수의대에 막 진학한 새내기 신입생들도 별로 다를 바는 없겠다. 보통 반려동물을 돌볼 것을 생각하고 수의대를 선택하지 않았을까?

그렇지만 수의사가 공부해야 할 동물은 개와 고양이보다 훨씬 많다. 나는 대학을 다닐 때부터 반려동물이 아닌 동물들에 관심이 컸다. 20년도 더 지난 지금, 수의사가 되기 전에 자연에서 살아가는 동물들을 만나

보겠다고 돌아다녔던 기억을 떠올려본다.

대학에 막 진학했을 때, 푸르고 생동감 넘치는 교정을 즐기는 기쁨도 잠시였다. 많은 대학생들이 그러하듯이 나 또한 학생 신분을 벗어나서 무엇이든 경험하고 싶었다. 늘 그렇듯 가장 쉽게 수업 밖의 경험을 쌓을 수 있는 방법은 동아리에 가입하는 것이었고, 나는 동아리 활동에 푹 빠졌다. 풍물, 농구, 봉사, 편집, 택견, 영어 회화. 무려 여섯 개의 동아리에 가입해 수업이 끝나면 늘 동아리 활동을 하기 위해 달려갔다.

수의과대학의 커리큘럼을 잠시 설명하자면, 예과 2년과 본과 4년을 거쳐야 학위를 취득하고 국가시험에 응시할 수 있다. 예과 2년 동안에는 대부분 기초과학과 교양 공부만 했기 때문에 내가 수의대를 다니고 있는지 고등학교를 다시 다니고 있는지 헷갈릴 지경이었다. 수의학에 대해 제대로 공부하는 것은 본과에 들어가서부터였고, 수의학에 대한 내 고민도 그때부터 본격적으로 시작되었다. 나는 무슨 동물들을 돌보는 일을 할 수 있을까, 하는.

나는 평소 산을 좋아했다. 그러니 소나 닭 같은 가

축, 즉 산업 동물이나 개나 고양이 같은 반려동물보다 산에서 살고 있는 야생동물에 관심이 많아지는 것은 당연한 일이었다. 오늘날 인간이 세운 문명 세계를 비웃듯 예전 모습 그대로 살아가는 야생동물들. 그들의 모습을 지켜보는 것은 어릴 때부터 내가 가장 좋아하는 놀이였다.

지금도 별반 다를 바는 없지만 그 당시에는 야생동물에 대해 배우고 경험할 기회가 매우 제한적이었다. 누가 먼저 제안했는지는 기억이 나지 않지만 평소 나와 같이 야생동물에 관심이 많았던 동기가 '야생동물 소모임(일명 야소모)'이라는 동호회에 대해 알려주었다. 우리는 함께 그 모임에 참석했다.

야소모는 야생동물에 관심이 있는 사람들이 모인 전국적인 모임이었다. 우리 같은 수의대 학생만이 아니라, 다양한 직업을 가진 사람들이 참여했고, 동물에 대해 공부하고 탐사를 떠났다. 두 달에 한 번씩 1박 2일로 진행하는 정기 탐사 활동은 내가 늘 손꼽아 기다리는 일정이었다. 정기 탐사를 위해서 학교를 다니는 사람처럼 내 모든 관심은 거기 쏠려 있었고, 탐사를 다녀오고 나면 다음 탐사를 위해 돈을 모으고 일정을 조정했다.

야소모 탐사는 내게 새로운 세상을 보여주었다. 우리는 인식하지 못하지만 우리 주위에는 많은 야생동물들이 자신의 삶을 조용히 이어가고 있다는 사실을 탐사를 통해 새삼스럽게 깨달았다.

늘 다른 장소에 가서 탐사를 했는데, 가장 자주 방문한 지역은 지리산과 철원 일대였다. 생태계가 잘 보존되어 있어 많은 동물들의 보금자리가 되고 있는 곳들이다. 물론 회원 중에 지리산 종복원센터 반달가슴곰팀 직원과 철원 야생동물 구조센터 직원이 있었기 때문이기도 했다.

내 첫 야생동물 탐사는 지리산에서 진행되었다. 탐사를 할 때는 눈에 잘 띄지 않도록 되도록 원색 의상을 피하고 자연과 가까운 색, 어두운 색 옷을 입어야 한다. 나도 어두운 색 옷을 입었고, 산이니까 등산화도 잊지 않았다.

탐사는 경험 많은 회원의 지도로 진행된다. 조용히

사람이 없는 곳에도 동물은 살아간다

야생동물에 대한 이야기를 하며 숲을 돌아다니다가 동물의 흔적을 발견하면 모두 모여 어떤 동물일지 이야기를 나눈다. 야생동물은 주로 발자국, 분변, 털 같은 흔적을 남긴다. 멧돼지가 식물의 뿌리나 지렁이를 먹기 위해 땅을 파헤쳐놓은 구덩이나, 노루가 뿔로 비벼 나무에 남은 상처를 알아채기 위해서는 관찰력이 필수적이다.

배설물과 발자국을 찾기 위해서는 땅을 열심히 보고 다녀야 한다. 콩자반처럼 동글동글한 똥들이 모여 있는 모습을 발견했다면 노루와 고라니가 있었을 확률이 높다. 혹시 바위나 쓰러진 나무가 있다면 그 위쪽을 잘 살펴보자. 담비와 족제비가 화장실로 썼을지도 모르니. 배설물을 헤집어 무엇을 먹었는지도 찾아본다. 소화가 덜 된 풀잎이 들어 있을지도 모른다. 이처럼 우리는 분변의 크기, 모양, 발견 장소, 내용물로 동물을 특정할 수 있다.

발자국도 마찬가지다. 발바닥 패드가 어떤 모양인지, 발톱 흔적이 남았는지, 발은 어떤 크기인지로 그 생김새를 추측해볼 수 있다. 삵과 같은 고양이과 동물은 발톱을 숨길 수 있어 발자국에 발톱 자국이 없는데, 너구리 같은 개과 동물의 발자국에는 발톱 흔적이 보인다. 족제비의 경우에는 발가락 다섯 개와 발톱이 선명하고, 고라니와 사슴은 발톱이나 발바닥이 아닌 발굽 모양을 확인할 수 있다.

이처럼 우리는 보이지 않는 존재들이 남긴 흔적들을 통해 이야기를 전해 들었다. 이는 그 나름대로 흥분되는 일이었고 충격적인 경험이었다.

낮에 진행하는 포유류 탐사에서 실제로 동물과 마주치는 것은 매우 드문 일이다. 가끔 번개처럼 사라지는 멧토끼나 고라니의 잔상 정도를 볼 수 있을 뿐이다. 그래서 야간 탐사를 통해 실체를 확인한다. 이걸 야간 서치 탐사라고 부르는데, 우선 자동차 배터리에 방향을 조절할 수 있는 별도의 서치라이트를 연결해야 한다. 그러고 나서 멀리 산과 들이 보이는 조용한 도로에 자리를 잡는다. 천천히 도로를 운전하며 산기슭이나 들판에 불빛을 비추다보면 무언가 번뜩이는 것을 발견할 때가 있다. 바로 동물의 눈에 반사된 빛이다. 동물을 발견하면 차를 세우고 라이트를 조심히 비춰 어떤 동

사람이 없는 곳에도 동물은 살아간다

물인지를 관찰하며 정보를 수집한다.

이렇게 야간 서치 탐사를 진행하면 다양한 동물들을 만나게 된다. 국내에서 주로 볼 수 있는 동물은 멧토끼, 고라니, 너구리, 오소리, 삵 정도다. 갑자기 비춘 불빛에 놀라서 멍하니 응시하는 고라니를 보고 있자면 귀엽다는 느낌이 들면서도 일을 방해한 것 같아 미안했다. 우리가 모르는 어둠 속에서 자신들의 삶을 살아가는 야생동물들이 그렇게 많다는 사실에 적잖이 놀라기도 했다.

매년 겨울이면 철원에 조류 탐사를 하러 갔다. 철원은 겨울 탐조, 그러니까 새 관찰 장소로 유명하다. 철원평야에는 가을 추수 후 미처 거둬들이지 못하고 떨어진 낙곡들이 풍부해 겨울에 두루미와 재두루미들이 방문한다. 철원평야 외에도 곳곳에 철새 도래지가 있다. 또한 야생 조류를 관찰하고 돌보는 철원 야생동물 구조센터가 있어 배움을 구하기에도 최적의 장소였다.

두루미와 재두루미는 러시아, 중국 등 북쪽 지역에서 번식 후 겨울을 나기 위해 넓은 철원평야를 찾아 가족끼리 평화로운 시간을 보낸다. 철원 곳곳에는 철새 관찰소가 있다. 전망대의 망원경을 이용하면 멀리서도 두루미 가족을 볼 수 있다. 느리게 차를 몰면서도 관찰할 수 있는데, 두루미 가족에게서는 언제나 왠지 모를 다정함이 느껴진다. 이후 동물원에 근무하며 두루미를 돌볼 때마다 철원에서 보았던 두루미와 재두루미 생각에 미안한 마음을 지울 수 없었다.

철원평야의 드넓은 논과 밭에서 먹이를 찾아 헤매던 새들은 밤이 되면 토교 저수지에서 휴식을 취한다. 토교 저수지에서 새들의 군무를 제대로 관찰하기 위해서는 새들이 잠에서 깨어나기 전에 탐조 준비를 끝마쳐야 한다. 이른 새벽 조용히 카메라를 설치하고 새들의 군무가 시작되기만을 기다린다. 한겨울 저수지 근방의 새벽 기온은 생각보다 훨씬 춥다. 자고 있는 새들 곁에서 덜덜 떨면서 숨 죽이고 있다 보면 마침내 동이 트기 시작한다.

새들은 아침 햇살과 함께 깊은 잠에서 깨어나 일과를 시작한다. 제일 먼저 일어나는 건 쇠기러기들이다. 수만 마리씩 무리를 짓는 쇠기러기들이 토교 저수지의

사람이 없는 곳에도 동물은 살아간다

수면을 박차고 날아오르는 모습은 화려한 군무를 연상시킨다. 그때부터는 살을 에는 듯한 추위도 잊고 하나둘 순차적으로 비상하는 새들의 모습에 정신을 잃을 수밖에 없다. 이곳저곳에서 동시다발적으로 수면을 박차는 순간은 경이롭기까지 하다.

하나씩 날아오르는 새들 때문에 공중에서 비행하는 새의 무리는 점점 커져만 간다. 쇠기러기 무리가 다 떠날 때쯤이면 두루미의 비행이 시작된다. 늘씬한 날개를 뽐내듯 펼친 두루미들이 하늘로 비상한다. 연한 주황빛의 아침 햇살을 배경으로 펼쳐진 쇠기러기와 두루미의 군무를 실제로 마주친 사람들은 평생 그 장면을 기억하리라.

하늘로 뻗어가는 새들의 군무가 화려하고 경이롭다면 땅을 파고드는 동굴 탐사는 고요하지만 평안하다. 그렇기에 동굴 탐사 경험은 탐조만큼이나 기억 깊은 곳에 각인되어 있다. 길이 정비되지도 않고 조명도 없는 날것 그대로의 동굴은 생각보다 더 매력적이다.

야생동물 탐사를 시작하기 전에도 몇몇 유명 관광

지의 동굴을 가본 적이 있었다. 화려한 조명이 비추는 암석들을 구경하며 잘 정비된 길을 따라가면 되는 곳들이다. 지금도 오색 빛깔 조명으로 치장한 유명 동굴들을 보면 속상하다. 길을 찾을 수 있도록 내부를 비출 불빛만 있으면 될 텐데, 다양한 색상이 동굴의 모습을 왜곡하여 각인시키기 때문이다. 내가 사람이 연출로 꾸며낸 동굴이 아닌 진짜 동굴을 처음 만났던 건 2007년 여름이었다.

동굴에 가서 박쥐를 볼 거라는 모임 공지를 보고 그날만을 손꼽아 기다렸다. 동굴 연구원들이 가이드가 되어 동굴을 탐사한다는데, 어떤 탐사가 될지 전혀 상상이 가지 않았다. 조사가 다 끝나지 않은 동굴 입구에는 엄청 큰 자물쇠가 채워져 있었다. 연구원들이 자물쇠를 열고 우리를 인도했는데 통로는 겨우 한 사람만 통과할 정도의 너비였다.

헤드라이트의 도움을 받아 줄지어 이동하면서 동굴 안에 사는 동물들에 대한 설명을 들었다. 동굴에는 박쥐는 물론 다양한 곤충들이 살고 있다. 손전등과 헤드라이트를 이용해 천장과 벽에 붙어 있는 생물들을 관찰하는 일은 깊은 주의를 요하는 작업이다.

한참을 들어가다 탐사자 모두가 모일 수 있을 만한 트인 공간이 나왔다. 리더인 연구원이 자신이 동굴을 탐사하면서 느꼈던 이야기를 꺼내며, 모든 라이트를 끄고 아무 말도 하지 않고 깊게 숨 쉬며 명상을 해보자고 했다.

라이트를 끄자 진정 칠흑 같은 어둠이 나를 덮쳤다. 분명 내 옆에 사람들이 있는데 알 수 없었다. 아무리 애써도 아무것도 보이지 않았다. 눈앞에 갖다 댄 내 손조차 느껴지지 않는 어둠이었다. 눈을 떠도 눈을 감은 것과 똑같았다. 시간이 흘러 동공이 열리면 조금이라도 뭔가 볼 수 있지 않을까 기대했지만 변하는 건 없었다. 동굴에서 사는 생물들의 시력이 왜 퇴화되었는지 절실하게 느껴지는 순간이었다.

"이 어둠이 어떻게 느껴지시나요?"

어느 누구도 함부로 소리를 내지 못하던 그 순간 리더 연구원이 적막을 깼다. 자신은 동굴을 탐사할 때면 라이트를 모두 끄고 어둠에 잠겨 명상하는 시간을 꼭 갖는다고 했다. 청각에 집중하면 동굴 저편에서 흐르는 물소리가 들려온다며, 세상에 나오기 전에 태중에 있었을 때 이런 느낌이 아니었을까 하던 그분의 이야기가 잊히지 않는다. 잠시 동안 겪었던 그 완벽한 어둠은 아직도 내 가슴에 선명하게 각인되어 있디. 지금노힘이 들 때면 눈을 감고 나 자신만을 바라볼 수 있었던 동굴 속 암흑을 떠올린다.

산과 들, 호수와 동굴. 이처럼 우리 주위의 자연에는 아직 인간 사회와 동떨어져 살아가는 동물들이 많다. 이 동물들을 알아가는 일은 나에게 큰 기쁨이었다. 수의사가 되기 전에 다녔던 이 탐사 활동들은 야생동물에 대한 지식을 쌓게 했을 뿐만 아니라, 내가 다른 생명들에 많은 관심을 갖게 된 계기가 되었다.

자연 속에서 조용히 살아가고 있는 생명들을 가만히 바라볼 수 있는 시각. 인간 중심으로 재편된 현대 사회에서 우리가 잃어버린 가치일지도 모른다.

야생동물
구조센터의
희로애락

전국 각 지역에는 야생동물 구조센터가 있다. 다친 야생동물들을 돌보고 치료해 야생동물들을 다시 자연으로 돌려보내는 곳들이다. 야생동물 구조센터와 나의 인연은 아주 오래되었다.

나는 대학을 다니면서 대학 부속 동물병원에서 봉사 장학생으로 근무했다. 학기 중 공강일 때마다 동물병원에 가서 업무를 도왔다. 야생동물질병학 담당 교수님은 수의사가 없는 지역의 구조센터로 왕진을 가는 경우가 잦았다. 또한 다친 야생동물이 동물병원에 오기도 했다. 일은 많았지만 인력이 부족해서 봉사 장학생이 많은 업무를 보조해야 했다.

철원 야생동물 구조센터는 교수님을 따라 자주 방문하던 센터 중 하나였다. 철새가 많은 지역 특성상 독수리나 두루미 등 새가 많이 구조되는 곳이었다. 물론 새만 다루는 곳은 아니다. 종별로 계류 시설을 갖추고 있어 재활이 필요한 동물들을 관리하고 야생에 방사하는 역할을 한다.

내가 일하던 그 시기에 센터의 2·3층에 부속 동물병원이 새로 건립되었다. 야생동물질병학 담당 교수님이 센터장으로 부임을 하시는 바람에 나도 자연스럽게 구조센터 일을 돕게 되었다. 학부생 때는 봉사장학생으로, 졸업 후에는 동물병원 조교로 야생동물 구조센터의 일을 겪었다.

야생동물 구조센터는 다양한 일을 한다. 동물 구조를 위해 현장으로 출동하고, 구조한 동물들을 진료하고, 센터에서 보호하는 동물들을 관리하고, 재활 훈련을 실시한다. 업무 강도가 높고 일거리는 많은데 업무 특성상 훈련된 수의사와 관리사가 필요하기 때문에 인력은 늘 부족하다. 정해진 일과 내에 일을 모두 끝내는 것은 불가능에 가깝다.

그럼에도 구조센터에서 일하는 사람들은 열심이다. 인간에 의해 위기로 내몰린 동물들에게 조금이라도 도움이 될 수 있는 일이라는 생각을 원동력 삼아 움직인다. 다친 야생동물을 구조하고 치료해서 야생으로 복귀시킬 때는 희열을 느낀다.

황조롱이 같은 천연기념물이 센터를 방문할 때도 있지만 제비처럼 보다 쉽게 볼 수 있는 동물들도 센터에 들어오고는 한다. 누군가는 제비를 흔해 빠진 동물이라고 경원시할 수도 있지만, 하나하나 들여다본다면 모두가 소중한 생명이다. 그 모든 생명이 존중받을 가치가 있다는 것을 구조센터 직원들은 알고 있다. 그곳은 소외받는 동물들에게 살아갈 힘을 부여하는 창구와도 같은 곳이다.

모든 동물들을 치료할 때 보람을 느끼지만, 구조센터에서 야생동물을 진료하는 보람은 더욱 특별하다. 인간의 소아과에서는 치료 방향을 결정할 때 보호자의 의견을 참고하더라도 담당의의 판단이 가장 중요하게 작용한다. 동물 진료도 마찬가지로 수의사가 치료 방향을 판단한다. 더욱이 보호자가 따로 없는 야생동물은 수의사가 보호자도 되고 담당의도 되어야 하기에 수의사의 역할이 더욱 커진다. 동물의 마음을 읽고 소통하는 일이 야생동물을 진료할 때 훨씬 중요해지는 것이다.

이런 보람은 구조를 요청한 민원인들도 가져가고는 한다. 별 생각 없이 신고했던 사람들도 구조를 위해 협조하는 과정에서 야생동물 구조의 의미와 생명을 소중함을 느끼고 구조센터 직원들과 동물들에게 격려를 건네고는 한다. 제비 한 마리, 황조롱이 한 마리를 살리기 위해 왕복 2~3시간이 넘는 거리를 달려가는 것은 어쩌면 합리적이지 못한 일처럼 보일지도 모른다. 그러나 구조된 동물에게만큼은 값진 일이었을 것이다.

구조센터는 봄이 되면 더욱 바빠진다. 생명이 피어나는 봄이 되면 야생동물들도 번식기를 맞이하고 어린 생명들이 세상에 나온다. 필연적으로 낙오되고 다치는 어린 동물들이 늘어나는데 이 어린 생명들을 돌보는 것도 구조센터가 할 일이다. 특히 5월부터 여름까지가 일 년 중 가장 바쁜 기간이다. 매일매일 구조와 치료가 반복되고, 센터에서 보호하고 있는 개체들도 늘어나 쉴 틈이 없다. 상태가 나빠 밤새 지켜봐야 하는 동물들 때문에 센터에서 밤을 지새우는 것도 흔한 일이다.

이렇게 모두가 힘들게 일하는 모습을 보고 있자면 가끔 센터의 운영 시스템이 효율적이지 않다는 생각이 들었다. 젊은이들의 열정으로 부족한 시스템을 보완하다 보면 결국 열정이 다해 포기하는 사람이 생기고 만다. 구조센터에서 일하며 그런 경우를 많이 봤다. 물론 이런 문제는 비단 구조센터에서만 발생하지는 않고, 어느 조직에서나 흔히 볼 수 있는 일일 것이다. 그러나 지금과 달리 당시에는 구조센터가 전국에 설치되어 있지 않았고, 야생동물 구조를 막 시작하는 단계였기에 업무가 더욱 과중하지 않았나 싶다.

고라니 한 마리가 올무에 왼쪽 뒷다리가 걸려 구조되어 온 적이 있다. 덫에 잡힌 지 시간이 꽤 지나 있었고, 올무에 걸린 아래쪽은 이미 조직이 괴사해서 치료를 할 수 없는 상태였다. 결국 그 다리는 절단할 수밖에 없었다. 다행히도 절단 수술은 무사히 진행되었고 회복한 고라니는 센터의 계류장에서 적응 훈련을 받았다.

그런데 여기서 문제가 생긴다. 고라니는 먹이사슬의 아래층에 위치한 동물이다. 건강한 고라니도 살기가 힘들진대, 하물며 한쪽 다리까지 없는 개체가 야생에 제대로 적응할 수 있을까? 아니면 계속 센터에서 남은 생을 돌보아야 하는 걸까? 적응 훈련을 하는 고라니를 볼 때마다 이런 고민이 들었다.

수술 부위는 완전히 아물었고 고라니는 체력을 회복했다. 계류장에서 뛰어다니기까지 하는 모습을 보이자 방사가 결정되었다. 만약 잃은 다리가 앞다리였다면 절대 불가능했을 결정이다. 다행히도 뒷다리는 하나가 없더라도 추진력을 얻어 달릴 수 있었다. 그렇게 고라니는 야생으로 돌아갔다. 아무리 적응 훈련을 거쳤더라도 다리 하나가 없는 동물이 야생에 적응하는 일은 쉽지 않았을 것이다. 그 고라니가 이후 어떻게 야생에서 적응하고 살아갔을지는 후속 연구가 진행되지 않아 알 수 없다는 점이 아쉽다.

이런 큰 장애가 생긴 개체의 경우 방사를 할지 말지

도 쉬운 결정이 아니다. 적응 훈련을 잘 따라오는지, 야생에서 얼마나 생존 가능성이 있을지를 고민해야 한다. 숙고 끝에 방사하더라도 어려움을 겪으리라는 사실은 자명하다.

구조해서 치료해서 놓아줬는데 다시 다친다면 무슨 소용일까 생각할 수도 있겠다. 그러나 분명 그런 일에도 의미가 있다. 다친 동물에게 다시 한번 야생에서 자유로운 삶을 살아갈 기회를 준다는 것 말이다.

치료나 적응 훈련보다 훨씬 힘든 구조센터의 업무가 있다. 바로 안락사이다. 구조센터, 동물원, 아쿠아리움, 동물병원. 수의사가 있는 모든 곳에 안락사가 존재한다. 안락사는 수의사가 반드시 마주해야 하는 현실이자 업무이다. 오랫동안 수의사 일을 해온 지금도 안락사를 판단하는 일이 힘들다. 한 생명체의 생사를 어떻게 인간이 함부로 결정할 수 있단 말인가.

어느 여건에서건 안락사를 결정하기란 어려운 일이지만, 구조센터에서 진행되는 안락사는 그 무엇보다 안타깝다. 구조센터에서는 동물이 삶의 질을 유지하지 못한다고 판단되는 경우 안락사를 진행한다. 예를 들자면 사족보행을 하는 포유류가 두 개 이상의 다리를 잃었다거나, 동물이 치료할 수 없는 종양으로 괴로워하고 있는데 고통을 경감해줄 수 없는 경우이다. 이런 때는 슬프고 안타깝지만 고통을 덜어준다고 위안하며 안락사를 결정한다.

그러나 더 결정이 어려운 경우는 이런 것이다. 한번은 다른 과 학생이 날개를 다친 황조롱이를 데려온 적이 있다. 날개가 골절된 상태였는데, 시간이 너무 경과되어 절단할 수밖에 없었다. 황조롱이는 수술을 극복하고 잘 회복해 살아남았다. 더는 생명에 지장이 없었고 고통을 겪지도 않았지만 날개를 잃었으니 앞으로 평생 야생에서 살아갈 수 없게 되었다. 구조센터의 계류장에는 이처럼 날개를 잃은 조류들이 많이 머무르고 있다. 그러나 계류장의 공간은 제한적이고, 동물들은 계속해서 구조센터에 들어온다. 공간이 부족해진다면 결국 안락사를 고민할 수밖에 없다. 살뜰히 돌본 동물의 안락사를 결정하고 실행한다는 것은 쉬운 일이 아니다. 담당 수의사가 겪을 수밖에 없는 고통이다.

야생동물 구조센터에는 야생동물의 희로애락이 모두 존재한다. 새로운 생명의 탄생을 마주하고 그들을 위해 일할 수 있다는 기쁨. 동물들의 구조가 필요한 상황과 환경에 대한 노여움. 다친 동물을 떠나보내는 슬픔. 끝까지 치료해서 다시 자연으로 보내는 즐거움. 이 감정들이 늘상 반복되는 곳이다. 지금도 전국의 야생동물 구조센터 직원들은 우리 인간들로 인해 위기로 내몰린 야생동물들을 위해 애쓰고 있다.

동물원에서
일한다는 것

동물원에서 꽤 오랫동안 일했지만, 사실 나는 원래 동물원과는 거리가 먼 사람이었다. 어렸을 때 부모님을 따라 가보는 동물원을 한 번도 가본 적이 없었다. 집 근처 공원에 있던 큰 새장을 그나마 동물원이라고 쳐줄 수 있을지도 모르겠다. 가끔 텔레비전에서 보았던, 관람객들이 큰 철장 안에 있는 코끼리나 사자를 구경하는 영상이 내가 동물원에 대해 가지고 있는 이미지의 전부였다.

수의대 진학 후에 실습을 위해 간 것이 첫 동물원

방문이었다. 동물원의 첫인상은 썩 좋지 않았다. 인위적으로 조성된 사육 공간이 관리가 안 되고 있는 데다가 동물을 제대로 설명해주지 않는다는 느낌을 받았다. 말 그대로 그냥 동물을 전시할 뿐인 야외 박물관 같았다.

이런 나쁜 첫인상에도 불구하고, 야생동물을 공부하다 보니 많은 동물이 모여 있는 동물원이라는 공간에 점점 호기심이 생겼다. 그러나 수의대를 다니는 동안 동물원에서 근무하는 미래를 진지하게 생각해본 적은 없었다. 야생동물에 관심이 많았기에 동물원도 좋겠다고 생각했지만, 국내 동물원에 취업하는 것은 무척이나 힘든 일이었기 때문이다. 언젠가는 할 수 있겠지 정도로 가볍게 생각하고 있던 내가 동물원 수의사가 된 건 기적 같은 일이었다.

졸업 후 부속 동물병원에서 조교로 일하는 동안 야생동물 구조센터의 일을 더 적극적으로 돕게 되었다. 이 일을 하며 다양한 동물, 특히 야생동물에 대한 관심은 커져만 갔다. 야생동물을 구조하고 재활시키는 일을 제대로 하고 싶었고, 결국 유학을 결정하기에 이르

동물원에서 일한다는 것

렀다. 더 많은 동물들을 만나고 더 많은 동물들을 공부하고 싶었다. 차근차근 유학을 준비하던 차에 한 동물원의 채용 공고가 올라왔다. 동료들은 어차피 합격하지 못할 것이니 지원이라도 해보라며 나를 부추겼고, 나 또한 한번쯤은 동물원을 경험해도 좋겠다는 생각으로 지원서를 넣었다.

그렇게 나는 동물원 수의사가 되었다.

예상치 못한 합격 소식을 들은 날, 기쁘면서도 어리둥절했다. 동물원이라는 곳에서 수많은 동물들을 진료하기 위해서는 나보다 훨씬 경력과 실력이 좋은 수의사여야 하지 않을까 하고 생각했던 것 같다. 하지만 소식을 들은 순간부터 이미 머릿속에서 나는 동물원 수의사였다. 그 동물원은 국내에서 꽤나 유명했고, 텔레비전에도 자주 나오는 곳이다. 그곳에서 근무하는 내 모습을 상상하는 일은 별로 어렵지 않았다. 상상 속에서 나는 그새 지프를 타고 사파리에 들어가서 사자, 호랑이를 관찰하고 치료하고 있었다. 나는 그 사파리에 직접 가본 적이 없었지만.

부푼 꿈을 안고 들어간 동물원에서의 첫날, 동물원 곳곳에서 실습을 하는 것으로 일을 시작했다. 그 동물원에서 수의사를 채용하면 일반적으로는 6개월 정도 현장 실습을 거친 뒤에 수의 업무에 투입된다. 운이 좋았는지 나빴는지 인력이 부족하다는 이유로 나는 3개월만 현장 실습을 거치게 되었다.

몇 개월간 계속되는 현장 실습은 내가 맡을 환자를 파악하기 위한 단계였다. 각 사육 시설을 사육사들과 함께 돌아다니며 동물들을 관찰했다. 동물원에 어떤 동물들이 있는지, 어떤 음식을 먹고, 어떤 특징을 지니고 있는지 돌아다니며 안면을 익혔다. 동물원에 있는 200종 이상의 동물들을 위해 사료를 준비하고 생활공간을 청소했다. 어제는 기린, 오늘은 코끼리, 내일은 오랑우탄. 매일 다른 사육사를 찾아갔다. 오랑우탄은 전용 사료와 바나나, 사과 같은 과일을 먹는다는 등의 소소해 보이지만 중요한 내용들을 하나하나 적어가며 동물원을 돌아다녔다. 이때 기록한 책자는 지금까지도 소중히 보관하고 있다.

각 동물사마다 냄새가 다르다는 사실을 아시는지?

나는 실습을 하면서 이 사실을 깨달았다. 무슨 냄새인가 하면, 체취와 배설물이 섞여 나는 냄새다. 여우나 늑대 같은 개과 동물들에게는 꿉꿉한 냄새가 난다. 대부분의 초식동물들의 변에서는 풀 냄새가 나는데, 기린 전시장에서 그 초식동물 특유의 냄새를 맡을 수 있다. 물개나 물범 같은 해양 포유류 사육장에 가면 비린내가 난다. 처음에는 이런 냄새가 유쾌하진 않았지만 익숙해지자 구수한 느낌까지 받았다. 영장류 사육장 냄새는 익숙해지는 데 시간이 가장 많이 걸렸는데 냄새가 사람의 변 냄새와 유사하기 때문이다.

　나중에 가서는 냄새만으로 동물들을 알아맞힐 수 있게 되었다. 글로 냄새를 형용하기가 어려워서 명확하게 분류해 적을 수 없지만, 내 몸은 그 냄새들을 정확히 기억하고 있다. 지금도 동물원에 방문하면 멀리서 은은하게 밀려오는 냄새만으로 무슨 동물인지 안다.

현장 실습은 담당 사육사들과의 관계를 형성하기 위한 일이기도 했다. 동물원에서 수의 업무를 진행하기 위해서는 사육사들과의 긴밀한 협조가 필요하다. 사육사는 담당 동물과 가장 많은 시간을 보내기에 동물들 각각의 행동 특징과 개체 간의 관계를 구체적으로 파악하고 있다. 누가 누구와 사이가 나빠 자주 싸우는지, 누구는 어떤 버릇이 있는지 등등의 정보는 진료 시에 많은 도움이 된다. 동물원에 있는 모든 동물의 건강을 돌봐야 하는 수의사가 이런 정보를 모두 세세하게 알기는 어려운 일이기 때문에 사육사에게서 정보를 많이 얻어야 한다.

사육사와 수의사 사이에 소통의 부재가 발생한다면 식단 관리가 엉망이 되거나 치료 시기가 늦어지는 등 동물이 피해를 입는다. 그렇기에 사육사와 수의사의 신뢰 관계는 동물의 건강을 위해 그 무엇보다도 중요하다고 할 수 있겠다. 나 또한 많은 사육사들과 좋은 관계를 유지했는데, 굳이 윗선에 보고할 필요 없이 담당 사육사와 수의사가 함께 문제를 해결하고 사육 환경을 개선하는 경우도 종종 있었다. 이처럼 사육사와의 관계가 돈독할 때 수의사는 더 나은 해결책을 제시할 수 있고 사육사는 수의사의 조언을 통해 동물들에게 효율적인 도움을 줄 수 있게 된다.

15년이 넘게 지난 일인데도 아직 그 3개월의 현장 실습은 내 기억에 선명히 남아 있다. 매일매일 새로운 동물을 만나는 일은 설렘 그 자체였다. 그들이 어떤 공간에서 어떻게 살아가는지, 무슨 음식을 특히 좋아하는지 하나하나 배워가며 동물의 삶을 느꼈던 그 순간들은 아직도 소중하다.

　현장 실습이 끝나고 본격적으로 동물원 진료 업무를 시작했다. 신입이었음에도 별다른 훈련 과정 없이 곧바로 현장 업무에 배치받았다. 진료 담당 수의사들의 연이은 퇴사로 인력이 부족했기 때문이다. 사육사와의 관계만큼이나, 동료 수의사와의 관계도 수의사의 발전에 중요한 역할을 한다.

　나보다 2년 앞서 들어온 김 수의사는 신입 수의사에게 많은 것을 가르쳐주었다. 우직하지만 늘 피곤해 보였던 김 수의사는, 지금 생각해봐도 3년차임에도 동물들에 대한 이해도와 수의사로서의 실력이 뛰어났다. 김 수의사는 늘 친절했고 실제 진료 업무를 시작한 지 얼마 되지 않았던 내 의견도 존중해주었다. 동물원에서는 다양한 동물을 돌보아야 하는 만큼 치료 방법 찾기가 난해한 경우가 많았는데, 김 수의사는 이런 일을 의논할 동료가 생겨서 나를 의지해주었던 것 같다.

모르는 부분에 대해서는 함께 공부하고 해결하려는 태도를 보여주는 그를, 처음에는 정말 귀찮게 따라다녔다. 나중에 혼자 진료해도 될 만큼 경험이 쌓였을 때도 김 수의사가 진료 가방만 들면 하던 일을 멈추고 무조건 그 뒤를 따랐다. 다행히도 그런 나를 김 수의사가 싫어하지 않아서 많은 것을 배울 수 있었다. 김 수의사는 경계하는 야생동물에게 접근하는 방법이나 동물에 따라 어떻게 다르게 약물을 투약해야 하는지 등을 알려주었다. 맹수 진료를 위해 마취총을 쏘는 방법을 가르쳐준 것도 김 수의사였다.

1년 정도는 일주일 내내 아침 8시부터 밤 10시까지 늘 김 수의사와 함께였다. 그 1년이 내가 동물원 수의사로서 가장 빠른 속도로 성장한 시기가 아니었을까 싶다. 하루하루 출근하는 발걸음이 가볍고 즐거웠다.

사육사에게는 각 동물들의 특징을 배웠고, 동료 수의사에게는 중요한 수의사로서의 업무를 배웠다. 매일 새로운 것을 배우고 공부한 내용을 실제 업무에 적용하는 일은 가장 큰 보람이었다. 또한 걷는 걸 좋아하는 나에게 매일 동물원을 걸어 다니면서 동물들을 관찰하고 치료하는 것은 신나는 일이 아닐 수 없었다.

함께 일하며 많은 도움을 주고받았던 김 수의사는 3년 뒤에 공부를 위해 미국으로 떠났다. 지금도 김 수의사가 떠난 것이 아쉽다. 같이 더 오랜 시간을 일하지 못한 것도 물론 아쉬운데, 그가 계속 동물원 수의사로 경력을 쌓았으면 국내 동물원 수의 업무에 큰 발전을 이루었을 거라 확신하기 때문에 아쉬움이 더 크다.

동물원 수의사는 늘 동물과 가까이 있어야 한다. 동물들을 많이 관찰해야 한다. 문제가 있든 없든 전시장과 사육 시설에서 그들이 어떻게 살아가고 어떤 사건들이 발생하고 있는지 알아야 한다. 각 동물들에게 필요한 영양소를 연구하고, 어떤 사료를 제공해야 할지, 동물들이 먹기 전까지 음식의 신선도가 유지되는지를 확인해야 한다. 사육 시설의 청소 방법을 확인하고, 사육 시설의 소독과 위생 상태를 관리해야 한다. 이 모든 일들은 동물원 안에서 사육사들과 수의사들이 함께 협조해야 가능하다.

동물원에서 살아가는 생물들이 있어 사람들은 평소에 보기 어려운 동물들을 쉽게 만날 수 있게 되었다. 그러나 생명이 좁은 공간에서 살아가기란 쉬운 일이 아니다. 동물들이 제한된 공간에서 살아가게 된 것은 사람들 탓이다. 우리는 우리의 욕심에 책임지기 위해, 그 안에서 일생을 지내는 동물들에게 더욱 안락한 환경을 제공해야 한다. 최대한 자연과 유사한 상태를 조성해 주어야 한다. 이 일을 위해서는 아무리 신경을 써도 부족하다.

동물원 수의사의 가장 중요한 업무는 지금 당장 동물원에서 살고 있는 동물들의 삶의 질을 높이는 것이다. 여러 활동을 통해 동물원 동물의 복지 실태를 알려 여론을 형성하고, 사회 전반에 영향을 끼쳐 시스템을 정비하고 동물원의 변화를 이끌어내는 것도 중요한 일이다. 그러나 장기적인 변화를 꾀하는 동안에도 동물들은 묵묵히 동물원 안에서 기존의 삶을 유지한다. 멀리 바라보는 것도 많이 생각하는 것도 중요하지만, 지금 당장 현실에 적용할 수 있는 일이 아닐 때가 많다.

　사육사와 함께 바로 환경을 개선할 수 있는 방안을 연구해 동물들이 본능에 가까운 삶을 살아가도록 하는 것. 삶 속에서 불필요한 질병으로 괴로워하지 않도록 관리해주는 것이 동물원 수의사가 가야 하는 길일 것이다.

경이롭지만
마냥 축복만은 아닌
동물의 탄생

당연하겠지만 우리가 살아가는 장소들은 대부분 사람을 중심으로 조성되었다. 주변을 잠시만 훑어보아도 모든 구조물과 환경이 사람의 편의를 위해 만들어져 있다는 사실을 알 수 있다. 자동차가 편히 달리기 위해 아스팔트로 땅을 뒤덮었고, 도로는 땅을 이쪽과 저쪽으로 갈라놓았다. 도로 옆에는 무수한 방음벽들과 냉난방이 되는 화려한 유리 빌딩들이 높이 서 있다. 군데군데 보이는 나무들은 인간이 관리하기 수월하고 보기 좋은 종으로 선별된 것들이다.

이런 환경에서 살아가고 있자면 사람이 지구의 중심에 있고, 사람이 모든 것을 좌지우지할 수 있는 것처럼 느껴진다. 사람이 모든 생명들의 위에 있고, 주위에서 만나는 다른 종은 사람의 도움이 필요한 힘없는 생명체로 여겨진다. 이처럼 인간은 오만하다. 우리 주위에 다른 종이 존재한다는 사실을 인지하고 있다면 그나마 다행이다.

"우리는 일상생활을 하면서 하루 동안 사람이 아닌 다른 생명체를 얼마나 많이 만날까요?"

"저는 저희 집에 있는 고양이를 만나요!"

"강아지 두 마리를 키우고 있어요."

학생들을 대상으로 강의를 하던 중에 사람이 만나는 생명에 대해 질문을 던진 적이 있다. 대부분의 학생들은 집에서 기르고 있는 반려견과 반려묘만을 염두에 두고 답했다. 그러나 우리는 이보다 더 많은 생명들을 생활 속에서 만나고 있다. 도심의 빌딩 숲에서도 여러 종류의 새들과 곤충들이 살고 있다. 멧비둘기, 까치나 참새는 물론이고 도심의 하천에는 백로나 왜가리가 산다. 그저 우리는 이 생명들을 보지 못하고 지나치거나, 그들이 하나의 생명체라고 인지하지 못할 뿐이다.

동물원에서 일하고 있으면 세상에 인간만 존재한다는 그 인간 중심적인 감각이 사라진다. 온갖 동물들의 다양한 형태와 움직임을 지켜보며 내가 여러 생명체와 함께 살고 있음을 체감했다. 각양각색의 크기와 생김새, 제각기 다른 생활 방식을 갖고 있는 생명들을 마주하고 있으면 숙연해지면서 지구가 사람만을 위한 곳이 아니라는 것을 실감하게 된다. 동물원은 사람을 위해 세워진 장소인데도 말이다.

지구를 가득 채우고 있는 생명의 위대함을 가장 크게 느끼는 순간은, 종을 막론하고 생명의 탄생을 목도할 때다. 우리와 완전히 다른 생명체가 탄생하고 성장하는 모습을 옆에서 지켜보는 것만큼 경이로운 일은 없다.

내가 동물원에서 담당한 구역 중에는 인공 포유실이 있었다. 분만 후 어미의 상태가 나쁘거나 환경이 좋지 않을 때 어쩔 수 없이 새끼를 어미와 떨어뜨려 인공 포유실로 보낸다. 사람이 대신해서 새끼들에게 젖을 먹이기 위해서이다. 경우에 따라 각 동물사에서 그 동물을 담당하는 사육사가 인공 포유를 진행하기도 하지만, 인공 포유실에 보내지는 경우가 대부분이다. 그곳에서 새끼는 인공 포유실을 담당하는 사육사의 손에서 자란다. 다 크면 몸무게가 200kg이 넘는 사자나 호랑이 같은 대형 동물의 새끼도, 다 성장해도 성인 손바닥 크기 정도인 마모셋 원숭이 같은 소형 동물의 새끼도, 어미와 함께할 수 없다면 인공 포유실에서 보살핌을 받았다.

인간 아기와 마찬가지로 사육사가 새끼 동물들과 함께 밤을 지새우며 젖을 먹이고 상태를 확인해야 하는 경우도 종종 있었다. 새끼 오랑우탄이 인공 포유실에 들어왔다. 어미가 첫 출산이었는데, 그 탓인지 새끼를 돌보지 않고 방치하는 시간이 길어졌기 때문이다. 이때 인공 포유실을 담당하던 사육사는 한 달 이상을 포유실에서 먹고 자며 새끼 오랑우탄을 돌보았다. 정성스럽게 새끼를 보살피는 그 모습은 존경하지 않을 수 없었다.

한번은 인공 포유 담당 사육사와 이런저런 이야기를 나누었다. 동물원에 있으면, 특히 인공 포유실에서 다양한 종의 새끼들을 보고 있으면 이 세상이 사람만을 위한 곳이 아니라 모든 생명들을 포용하기 위한 곳이라고 느낀다고, 그래서 내가 나양한 생명 중 하나로서 지구에서 살아가고 있음을 느낀다는 감상을 털어놓았다. 이 말을 듣던 사육사 또한 방송에서 인터뷰할 때 인용하겠다며 내 감상에 크게 공감했다. 아마 동물원의 많은 직원들이 비슷한 느낌을 받으며 일하고 있을 것이다.

동물원에서 오랫동안 일하셨던 분들과 대화를 하다보면 종종 "번식이 잘 되는 사육 시설은 그래도 동물들에게 괜찮은 환경을 갖추고 있다고 생각할 수 있다" 같은 이야기를 듣는다. 사육 시설에 대한 확실한 환경 평가 기준이 정해지지 않았다면, 대신 동물들의 번식 여부를 통해서 간접적으로 평가해볼 수 있다는 의미로 나는 받아들였다. 그래서 각 동물원에서는 새로운 생명이 탄생할 때마다 앞다투어 홍보하는지도 모르겠다.

경이롭지만 마냥 축복만은 아닌 동물의 탄생

나도 비슷하게 생각했던 적이 있다. 동물이 삶을 영위하기 위한 기본적인 조건이 잘 충족되었기에 번식이 일어났다고 판단해, 번식 여부가 사육 환경의 평가 조건이라고 생각했던 적이 있다. 하지만 과연 번식 유무를 사육 환경의 평가 조건으로 볼 수 있을까?

인공적인 환경에서 번식이 까다로운 동물들이 있다. 치타, 북극곰, 코뿔소, 코끼리 등은 번식을 위해 까다로운 환경 조건이 필요하다. 치타는 암수가 함께 지내면 서로를 교미 상대로 생각하지 않아 발정기가 오지 않는다. 그래서 번식기를 제외하고는 서로 완벽하게 격리해 보이지도 않게 지내도록 해야 하는데 동물원 같은 제한된 공간 안에서 이 조건을 맞추기란 무척이나 힘든 일이다. 북극곰도 마찬가지로 암수가 거리를 두고 지내야 하고, 진동도 소음도 없는 굴이 필요하다. 코뿔소는 스트레스 때문에 번식 성공률이 낮고, 코끼리는 사육 상태에서는 거의 암컷의 발정 상태가 유도되지 않는다. 만약 이들이 사육 환경에서 번식한다면 야생에 가까운 좋은 환경이 조성되었거나 사육사들의 힘겨운 노력이 있었다고 생각할 수 있을 것이다.

하지만 이들과 달리 많은 동물들이 번식이 불가능할 것 같은 척박한 환경에서도 자손을 낳고 대를 이어간다. '전쟁 중에도 사랑을 하고 아이가 태어난다'는 이야기를 들어 봤을 것이다. 이것저것 재고 계산하는 사람도 그럴진대, 사람보다 본능에 충실하고 생존에 위협을 받더라도 야생에서 살아갈 능력을 갖춘 동물은 어떻겠는가? 동물이 열악한 환경에서 번식하는 것은 어찌 보면 생각보다 쉬운 일일 수 있다.

많은 동물원에서는 종 보전이라는 전통적인 이슈를 내세워 동물원의 존재 의의를 설명한다. 물론 종 보전은 훌륭한 목표다. 다양한 종의 동물들이 번식을 통해 삶을 이어갈 수 있다면 좋은 일이다. 하지만 동물원의 동물들은 종을 보전하겠다는 목표를 가지고 삶을 살아가는 것이 아니다.

가끔 단순히 동물들을 많이 번식시켜 종 보전에 앞장서고 있다고 홍보하는 동물원을 본다. 그러나 나는 이런 홍보 내용에 회의적이다. 생활공간은 부족한데 오직 번식만을 위한 공간만 있는 경우를 여러 동물원에서 목격했다. 예를 들어 북극곰의 번식을 위한 굴을

경이롭지만 마냥 축복만은 아닌 동물의 탄생

만들기 위해 생활공간을 줄이는 식이다. 그렇게 번식에 성공하는 사례 또한 여러 동물원에서 목격했다. 따라서 나는 개인적으로 동물의 번식을 사육 시설의 평가 기준으로 삼는 행동이 적합하지 않다고 생각한다.

생활 환경 조성은 번식 이상으로 중요하다. 생활할 수 있는 공간이 제한되어 있는데 무조건 번식만 시키면 사육 공간의 밀도가 높아진다. 그러면 개체 간에 투쟁이 발생하고 환경이 오염될 수밖에 없다. 동물들의 복지는 저하되고, 각 개체의 삶의 질은 떨어진다. 그렇기에 동물원에서는 적합한 환경에서 적정 수준의 개체 수를 유지할 수 있도록 각 종의 번식 계획에 신경 써야 한다. 사육 환경에서 번식 후, 자연 생태계로 재도입시키려는 목적이 있다면 그에 걸맞은 다른 계획이 필요하다. 어떤 경우든 각 동물과 상황에 알맞은 계획이 필요한 법이다.

각 동물 개체는 종 보전이라는 목표를 위한 수단이 되어서는 안 된다. 또한 동물의 번식을 단순히 동물원의 홍보 수단, 눈요깃거리로 생각하지 않았으면 한다. 동물들을 번식시키는 것보다, 이미 살아가고 있는 그들의 삶을 최대한 안락하게 하는 것이 우선시되어야 한다. 편안한 삶을 누리는 동물이 자연스럽게 무리를 형성하고 번식을 시작할 때 비로소 종 보전이라는 말에 의미가 생긴다.

동물의 번식은 동물원에서만 중요한 것은 아니다. 뉴스에서 강아지 공장 이야기를 본 적 있을 것이다. 강아지 공장에서는 발정유도제를 이용해서 개들이 많은 수의 강아지를 낳도록 한다. 개들은 열악한 환경에서 번식을 위한 도구로 이용된다. 최소한의 복지도 되지 않는 이곳에서 새끼들을 낳은 어미 개들은, 아이들을 젖도 떼기 전에 떠나보내면서 어떤 생각을 할까? 작고 예쁜 강아지를 얻기 위해 이렇게 잔인하고 공포스러운 일들이 일어난다.

집에서 키우는 반려동물의 번식도 마찬가지로 신중해야 한다. 토끼, 친칠라, 햄스터 등 사람들과 함께 살아가는 동물들이 보호자의 무지로 인해 무분별하게 번식하게 될 때가 많다. 햄스터는 한 개체마다 자신만의 공간이 필요하다. 그런데 햄스터들을 잘못 합사해 좁

　경이롭지만 마냥 축복만은 아닌 동물의 탄생

은 공간에서 기른다면 생활공간이 부족해지고 스트레스를 받는다. 그런 상황에서 번식을 한다면 어미가 새끼를 잡아먹는 카니발리즘이나 수컷끼리 싸워 누군가 크게 다치는 일이 벌어질 수도 있는 것이다.

동물이 번식한다면 새끼를 귀여워하기 이전에 그들이 잘 자랄 수 있도록 환경을 조성해주는 것이 먼저다. 새끼를 출산한 어미 동물의 마음을 우선해서 들여다봐야 하고, 새끼가 안전하고 건강하게 성장할 수 있도록 환경을 개선해야 한다. 그래야 새 생명의 탄생이 진정한 축복이 될 것이다.

지금까지 동물원에서 새끼 동물을 만났을 때 호기심 많은 행동과 귀여운 모습에만 사로잡혔다면, 앞으로는 우리와 다른 모습을 하고 있는 생명의 탄생에 담긴 의미를 생각해보았으면 좋겠다. 어미 동물이 새끼를 어떻게 돌보는지 어떤 환경에서 살아가는지도 주의 깊게 살펴봐 주기를 바란다.

내가 만났던 여러 새끼 동물들은 사람 아기들과 너무나 닮아 있었기에 이 생명들을 마주할 때면 더욱 슬펐다.

같은 세계
다른 생명

동물원 수의사라는 직업의 가장 큰 매력은 다양한 종의 동물과 직접 부딪칠 수 있다는 것이다. 다양한 방식으로 삶을 꾸려가는 다양한 모습의 생명체들을 눈앞에서 지켜보며 그들의 생활을 위해 고민하는 일은 돈으로는 살 수 없는 경험이다.

모든 동물들은 각각 자신이 살아가는 환경에서 헤아릴 수 없이 긴 시간에 걸쳐 진화하며 적응해왔다. 그렇게 다양해진 동물들의 모습들은 하나하나가 모두 경이롭다. 오랜 기간에 걸쳐 조금씩 변화해온 그들은 지금도 진화를 계속하고 있어, 100년 200년 뒤에는 환경에 적응하기 위해 지금과는 또 다른 모습이 되어 있을 것이다. 이렇듯 각 생명체는 환경에 맞춰 최적의 상태로 진화해 지금 우리가 마주하는 모습이 되었다. 너무나도 당연하기에 우리는 자주 이 사실을 잊어버리지만 동물들을 직접 마주하면 새삼스레 깨닫고 마는 것이다.

개미핥기의 먹이는 구멍을 파서 살아가는 개미들이다. 개미핥기는 개미집 안에 주둥이를 집어 넣기 쉬운 모습이 되었다. 뾰족한 형태의 주둥이와 긴 혀는 개미핥기가 개미들을 효과적으로 잡아먹을 수 있도록 해준다. 개미핥기에게 치아는 별로 쓸모가 없어서 흔적으로만 남거나 아예 없는 종이 많다. 개미핥기가 속한 그룹은 그래서 빈치목貧齒目이라고 불린다. 이가 빈약하다는 의미다.

산미치광이나 포큐파인이라고도 불리는 호저는 가시 때문에 고슴도치와 비교될 때가 낳다. 하지만 호저가 가시를 세우고 자신에게 달려드는 일을 겪어보면 절대 고슴도치를 떠올리지 못한다. 고슴도치에게 가시는 방어 수단이고, 위험을 느끼면 자신을 보호하기 위해 가시를 세우고 몸을 웅크려 말고 꼼짝하지 않는다. 그러나 호저는 창처럼 무시무시한 가시를 방어가 아닌 공격 무기로 활용한다. 가시를 완전히 다른 방식으로 이용하며 삶의 영위하는 두 동물을 보고 있자면 생명의 다양성에 대해 다시금 생각하게 된다.

한번은 구강에 문제가 있어 건초와 사료를 제대로 저작하지 못하는 암컷 캥거루를 치료해야 했다. 캥거루의 치아 뿌리에 염증이 있어 마취 후에 발치를 했다. 구강 수술을 마무리하고 나서 혹시나 하는 마음에 캥거루의 주머니, 그러니까 아기를 키우는 육아낭을 살펴보았다. 육아낭을 조심스럽게 열어보니 약간의 시큼한 냄새와 함께 온기가 새어나왔다. 육아낭 안쪽에 조심스럽게 라이트를 비추어 보았더니 사람 손가락 두 개 정도 크기의 새끼 캥거루가 어미젖을 빠는 모습이 보였다. 육아낭 안에 있는 새끼의 모습을 본 게 그때가 처음이었는데, 너무 신기해서 멍하니 쳐다보고 있었다. 그러다 정신을 차리고 서둘러 캥거루를 마취에서 깨웠다.

캥거루에게 주머니가 있다는 것은 많은 사람들이 알고 있는 사실이다. 그러나 왜 캥거루의 신체에 그런 구조의 기관이 만들어졌는지, 그 안에서 새끼가 어떤 방식으로 성장하는지를 정확히 아는 사람은 별로 없을 것이다. 육아낭에는 많은 장점이 있다.

캥거루와 같은 유대목 동물은 번식 방법이 매우 특이하다. 유대목 동물은 새끼를 기르는 주머니인 육아낭을 가지고 있다. 이 주머니는 척박한 환경으로부터 새끼들을 보호한다. 이 따뜻하고 좁은 특별한 공간에서 연약한 새끼들이 안정적으로 성장한다. 육아낭은 어미의 자궁보다도 안전하다. 실제로 어미가 불안정한 환경에 있거나 영양 부족 상태일 때 새끼가 자궁 안에 머무르는 것보다 육아낭에서 지내는 것이 생존율이 높다는 연구가 있다. 육아낭에는 또 다른 장점도 있다. 새끼를 기를 수 있는 공간이 늘어나는 것이다. 육아낭이 있다면 발달 단계가 각기 다른 세 마리 이상의 새끼를 동시에 기를 수 있게 된다.

책이나 텔레비전을 통해 간접적으로만 접했던 이런 내용들을 직접 확인하는 것은 매우 설레는 일이다. 진료를 위해 동물들을 직접 살펴보고 있으면 그들의 특징 하나 하나를 오감으로 느낄 수 있다. 각각의 환경에

같은 세계 다른 생명

맞게 적응한 신체적 특징들은 놀라움을 자아낸다.

생명에 대한 놀라움은 특히 코끼리, 코뿔소, 기린 같이 커다란 동물들과 함께할 때 더욱 커진다. 물론 작은 동물들이 큰 동물에 비해 다양성이 부족하다거나 하는 것은 아니지만, 큰 동물은 멀리서 바라보는 것과 바로 옆에서 올려다보는 느낌이 전혀 다르기 때문이다. 멀리서 전체적인 모습을 보다가 진료를 위해 바로 옆으로 다가가면 그들의 일부밖에 보이지 않아 감탄하며 나와 비교하게 된다. 그 크기와 부피의 웅장함에 숙연함마저 든다. 이렇게 큰 생명체가 우리와 함께 같은 세계에서 살아가고 있다는 사실은 얼마나 경이로운가.

제한된 공간에서 살아가게 된 동물들을 보살피고 있자면 괜히 죄를 짓는 마음이 드는 것도 사실이다. 이들이 이런 모습을 갖추게 한 환경은 이곳에 없기 때문이다. 동물원 수의사로서 동물원 동물들에게 정성을 다해야겠다는 다짐이 절로 든다.

인류는 높은 지능과 도구를 이용해 많은 것을 이루어냈다. 그러나 동물들을 지배하거나 함부로 이용할 수 있다는 생각은 매우 오만하다.

인류가 지구에서 가장 위대한 존재이며, 지구가 인간을 중심으로 돌아가고 있다고 여기던 내가 부끄러워지고 겸손해진다. 자신의 세계에 적합한 신체 조건을 갖추고 자신만의 방식으로 살아가는 동물들보다 우리가 더 위대한 게 맞을까? 이들은 자신이 처한 환경에 우리보다 훨씬 더 잘 적응해서 살아가고 있었다.

오랜 지구의 역사에서 인류는 지구상의 다른 종들에 비해 늦게 나타났다. 그것은 이미 자리 잡은 생태계를 파괴해서 활동 범위를 넓히지 말고, 그들과 함께 어우러져 지속 가능한 지구를 만들어가라는 조물주의 선택이 아니었을까.

동물들은
말한다

말하는 코끼리 코식이는 동물원을 찾는 사람들에게 꽤 인기가 많았다. 사실 '말을 한다'기보다는 '사람의 음성을 흉내 낸다'는 것이 정확한 표현일 것이다. 실제로 코식이는 '좋아', '누워', '앉아' 등의 말과 비슷한 소리를 낼 수 있다.

어느 날 오스트리아 빈대학교의 인지생물학 연구소에서 코식이에 대한 연구 제안서를 받았다. 이 이전에도 물론 코식이의 말에 대한 연구가 진행된 적이 있다. 그때는 코식이가 내는 소리가 사육사의 음성과 얼마나 유사한지를 연구했다. 그러나 이번에는 동물들의 음성 학습에 대한 근거를 찾는 연구였다.

동물들은 같은 종끼리 서로 학습하고 소통하기 위해서 음성을 학습한다고 알려져 있다. 음성 학습이란 경험을 통해 소리를 흉내 내는 현상을 말한다.

같은 종 내에서 서로의 소리를 학습하고 따라 하는 것은 흔한 일이지만 다른 종의 소리를 배우는 일은 드물다. 사람의 말을 따라 하는 앵무새 영상을 본 적이 있을 것이다. 앵무새나 찌르레기 같이 다른 종의 소리나 사람의 음성을 모방하는 조류를 발견하는 것은 어렵지 않다. 그러나 포유동물이 타 종의 음성을 따라 하는 것은 매우 희귀한 사례이다. 고래나 돌고래, 물범 등의 포유동물이 주변 소리를 흉내 내는 현상은 보고된 적이 있지만 아주 소수의 종에 국한된다. 코끼리가 주위 소리를 모방하는 현상도 드물게 관찰되었다. 그러나 그 중에서도 코식이는 특별했다.

코식이가 흉내 내는 소리의 발성은 사람의 말과 매우 유사했다. 그렇기에 빈 대학 연구소는 이번 연구가 기존에 발표된 포유류의 타종 음성 학습에 대한 연구보다 더욱 가치 있을 것이라고 했다. 게다가 사람이 아닌 영장류 동물에서도 음성 학습이 진행된 사례가 없었다. 그 때문에 코식이를 연구해서 정확한 음성 학습의 근거를 찾는다면, 종간 다른 의사소통 체계를 지닌 동물 사회의 존재를 증명할 수 있을 것이라는 게 그들의 의견이었다.

흥미로운 주제였기 때문에 동물원에서도 이 연구 제안을 받아들였다. 나는 이 연구의 동물원 담당자가 되어 두 달간 서면으로 연구 과정에 대한 내용을 주고받으며 연구를 준비했다. 이후 두 명의 연구원이 도착했다. 한 분은 독일에서 또 한 분은 오스트리아에서 온 인지생물학 박사였다.

두 연구원들과 아침부터 저녁까지 붙어 다니며 2주 동안 코끼리의 음성과 영상 자료를 수집했다. 나도 옆에서 솜방망이 같은 레코더를 들고 있었다. 이따금 담당 사육사가 코식이에게 간식을 던져주며 말을 흉내 내도록 유도했고, 그럴 때마다 코식이는 곧잘 '좋아', '안 돼' 같은 말을 흉내 냈다.

이렇게 녹음한 코식이의 목소리를 일반인들에게 들

려주었다. 사람들은 코식이의 말을 얼마나 정확하게 알아들었을까? 조사 결과 90%가 넘는 사람들이 코식이가 낸 소리를 정확한 단어로 인지했다. 코식이의 발음이 상당히 정확한 셈이다.

소리, 즉 파동은 이미지로 표현할 수 있다. 이를 스펙트로그램이라고 하는데, 소리의 강도와 주파수를 그려내는 그림이다. 코식이의 목소리를 스펙트로그램으로 표시해서 사육사의 발성과 비교해보았더니 매우 유사했다.

거기다 코식이는 사육사의 말을 정확하게 따라 하기 위해 코를 입 안에 넣어 발성 기관의 모양을 조절하고 있었다. 이렇게 발성 기관을 고의적으로 변형해서 소리를 내는 방법은 현재까지는 유일하게 코끼리만 사용하고 있다고 학계에 보고되어 있다.

많은 연구에 따르면 이러한 음성 모방은 사회적으로 긴밀하게 연결된 개체들이 서로간의 유사성을 드러내고 싶어 하기에 나타난다. 즉, 자신과 가까이 있는 존재와 자신이 비슷한 존재라고 표현하기 위해 소리를 따라 한다는 것이다. 연구 결과 코식이 또한 마찬가

동물들은 말한다

지였다. 코식이의 음성 학습은 사회적 관계를 굳건하게 만들기 위한 방법 중 하나로 보였다. 이 연구를 다룬 논문은 세계적인 생물학 학술지인 《커런트 바이올로지 Current Biology》에 실렸다. 코식이는 생물학계의 세계적인 스타가 된 셈이다.

세계적인 학술지에 내 이름이 올랐다는 설렘도 잠시였다. 연구를 마무리하고 있으니 코식이의 상황이 애처롭게만 느껴졌다.

코끼리는 야생에서 끝없이 이야기를 나누며 소통하며 살아간다. 그런데 그런 코끼리를 외따로 키우는 사육 환경에서, 코식이는 당연히 큰 외로움을 느끼지 않았을까?

동물원에는 코식이보다 11살 어린 암컷 코끼리가 있다. 이후에 두 마리가 더 들어와 네 마리가 지내게 되기는 했지만, 그때는 둘이서만 지내고 있었다. 코끼리는 야생에서 30~40마리가 무리를 형성해 살아간다. 단한 마리와의 의사소통이 코식이에게 충분했을까? 부족하게만 느끼지는 않았을까? 코식이가 사육사의 말을 따라 한 것은, 밤낮으로 함께해주던 사육사와 관계를 맺고 싶어 자신만의 의사소통 방법을 만들어낸 결과가 아닐까?

집에서 키우는 반려동물들도 보호자와의 관계를 형성하기 위해 다양한 방법으로 사인을 보내곤 한다. 시선을 마주치고, 소리를 내고, 몸짓을 해서 의사를 표현하면 보호자들은 이 의사 표현을 알아채고 화답하며 관계를 형성한다. 코식이도 이런 관계 형성을 위한 사인으로 사육사가 자주 사용하는 말을 따라 하기 시작했을 것이다. 아직도 방송이나 인터넷으로 코식이를 보게 되면 늘 코식이가 대견하고 미안한 마음이 든다.

동물원
동물은
행복할까?

요즘에는 아이들이 가까운 곳에서 다양한 동물들을 접하기 쉬워졌다. 반려동물을 키우는 가정이 많아지고 반려동물로 키우는 동물 종 역시 늘어났다. 또한 동물원 같은 전시 공간이나 유튜브 같은 온라인 채널을 통해서 다양한 동물들이 사람들에게 노출될 기회도 많아졌다. 사람들은 이제 쉽게 볼 수 없는 다양한 야생동물까지 줄줄 외울 수 있게 되었다. 어쩌면 요즘의 이러한 상황 때문에 동물을 독립적인 생명체가 아닌, 사람에게 길들고 관리되어야 하는 생명체로 여기는 경향이 커진 것이 아닐까 싶다.

회진을 하느라 동물원을 돌아다닐 때 내가 가장 많이 시간을 내서 둘러보는 곳은 원류(원숭이) 사육 시설이었다. 특히 유인원으로 분류되는 침팬지와 오랑우탄 사육 시설에서 오랫동안 머물렀는데, 이들은 다양한 행동으로 지루할 틈을 주지 않기 때문이다. 침팬지는 개체가 많은 데다가 더 활발히 움직이기 때문에 더욱 다양한 관계와 사건을 엿볼 수 있다.

침팬지 무리의 행동을 관찰하고 있자면 무척 신기하다. 그들은 그 제한된 공간에서 서로 돕고 경계하고 싸우고 화해하며 관계를 맺는다. 물론 이런 개체간의 갈등과 협력, 유대 관계는 다른 동물 무리에서도 볼 수 있는 현상이다. 하지만 인간과 비슷하기 때문인지 침팬지에게서 더욱 쉽게 알아볼 수 있다. 이렇게 그들의 사회를 훔쳐보고 있자면, 다양한 감정을 내비치며 서로 의사소통을 하는 침팬지들의 모습에 고마운 마음이, 좁은 곳에 적응해 살아가는 모습에 미안한 마음이 들었다.

입사 후 5년 정도가 지나 처음으로 새끼 침팬지를

만났다. 분만 상황을 모니터링하고 새끼 침팬지의 검진을 진행했다. 새롭게 태어난 작은 생명을 만나는 일은 정말로 설레는 일이다. 그게 쉽게 일어나지 않는 일이라면 더더욱 말이다.

사육사들은 그동안 침팬지 번식을 위해 다양한 시도를 했다. 덩치가 좋은 새 수컷 침팬지를 데려오기도 했다. 그러나 침팬지들은 그리 쉽게 새끼를 낳지 않았다. 나이 많은 수컷 침팬지 에버는 풍채가 당당한 근육맨이었지만 짝짓기를 하지 못했다.

그러던 상황은 다른 두 수컷보다 어리고 왜소했던 포리라는 수컷이 아홉 살이 되던 해부터 바뀌었다. 포리가 가을에 짝짓기를 하는 모습이 관찰되더니 이듬해 봄에 암컷 세 마리가 한 마리씩 계속 새끼를 낳았다. 덩치 큰 에버도 하지 못한 일을, 몸집이 작고 장난기 많은 포리가 해낸 것이다.

에버는 덩치도 크고 근육도 멋진 수컷이었지만 어렸을 때부터 사람 손에 컸다. 그래서 짝짓기 행동을 배우지 못했고, 다른 침팬지에 대한 경계도 심했다. 하지만 포리는 침팬지 무리에서 자랐고, 성인 침팬지들의

동물원 동물은 행복할까?

짝짓기 모습을 보았다. 이 성장 과정이 포리의 행동에 영향을 주었을 것이다. 이 사건은 그 어떤 인위적인 노력보다도 동물들이 자연스럽게 같은 종들 사이에서 생활하도록 하는 것이 종의 번식과 보존을 위하는 길이라는 사실을 일깨워주었다.

아기 침팬지들이 전시장에 나타나면서 전시장에는 활기가 가득 찼다. 첫째 수디는 동네 꼬마 골목대장 같았다. 다른 새끼 침팬지 사이를 쏜살같이 뛰어다니면서 다른 두 아이보다 자신이 나무를 더 잘 탄다고 자랑하듯 나무 타기 실력을 뽐냈다. 다른 아이들은 수디를 따라 힘겹게 나무에 오르지만 대부분은 실패했다. 나무 위의 수디를 부러운 듯 쳐다보던 아이들은 어미 침팬지에게 하소연하듯 달려갔다. 어미는 그런 모습이 귀여운 듯 따뜻하게 포옹해주었다.

세 꼬마 침팬지는 우리가 어릴 때 그러하듯 한시도 쉬지 않고 몰려다니며 장난을 쳤다. 어미에게 우르르 달려가서 어미를 때리고 우르르 도망치고 서로 술래잡기를 하며 정신없는 시간을 보냈다. 한참을 그렇게 뛰어다니고 나서는 지쳐서 각자의 어미를 찾아가 팔을

베고, 다리를 베고, 배를 베고 평화로운 낮잠을 즐겼다. 보고만 있어도 미소가 지어졌다.

다만 이런 평화는 원형 전시장 안에 있었다. 침팬지 전시장은 300도 이상이 투명한 유리창으로 둘러쳐 있는 좁은 장소다. 그곳에서 뛰어노는 새끼 침팬지들을 유리창 너머로 보고 있자면 내 머릿속에는 언젠가 다큐멘터리나 영화에서 본 듯한 풍경이 떠올랐다. 전쟁으로 폐허가 된 곳에서 아이들이 무구하게 뛰어노는 장면이 겹쳐 보이는 것이다. 아기 침팬지들의 유쾌한 놀이는 행복하게만 보이지는 않았다.

최근 전시 공간에서 사육하는 동물들이 자주 기삿거리가 된다. 새끼의 탄생과 귀여운 동물들과 관련된 반가운 새 소식도 있지만 좁은 공간에서 살다 이상행동을 보이는 사자 같은 동물 사육 시설에 대한 비판도 있다. 어떤 논조이든 그런 기사들은 언제나 우리에게 질문을 던진다. 우리는 사육되는 동물들을 어떻게 대해야 할까?

동물원에서 일하는 동안 나는 스스로 이런 질문을

자주 던졌다. 동물원 동물은 동물원의 직원일까? 아니면 고객일까? 동물원에서 먹이고 재워주니 초대받은 손님일까?

전체 직원을 대상으로 '동물과 함께하는 삶'이라는 주제로 여러 번 강의를 진행했다. 강의를 진행할 때마다 나는 늘 질문을 던졌다. 여러 가지 질문이 있었는데, 그중 하나가 '동물원 동물은 동물원의 직원일까요?'였다. 각 사업부 직원들에게 이렇게 물어봤을 때 꽤 많은 분들이 동물도 직원이라는 답을 내놓았다. 특히 인사팀 직원들이 그렇게 답했다는 점이 재미있다. 문제도 답도 엉뚱하지만 적어도 나는 그들이 직원이라고 생각하지 않는다. 이 글을 읽는 당신도 한번 생각을 해보았으면 좋겠다.

동물원 동물들은 왜 제한된 사육 시설에 갇혀 매일 비슷한 먹이를 먹고 소수의 동일한 종들과만 생활해야 할까? 이러한 삶을 사는 그들은 진정 행복할 수 있을까?

사람들을 외딴 섬에서 노예처럼 부리는 못된 사람들을 고발하는 내용을 뉴스에서 접한 적 있다. 정신적으로 약한 사람들을 무임금으로 착취하며 본인들의 배만 불리며 산다는 보도 내용을 보고는 흥분이 가시지 않았다. 순간적으로 화가 치밀어 그들을 비난하다가 우리라고 다를까 하는 의문이 들었다. 동물원이 동물들에게 그러한 존재는 아닐까. 그들을 고립시켜 무임금으로 일하게 하고 있는 것은 아닐까.

동물들이 동물원의 직원이라고 생각해보자. 그들은 통장에 입금되는 임금 대신 의식주를 제공받는다. 그마저도 '의'는 제외된다. 그런데 동물들이 이 근무 조건을 스스로 택하지는 않았을 것이다. 동물들은 동물원에서 가장 큰 콘텐츠를 담당하고 있지만, 동물원은 그들에게 최소한의 의식주만을 제공한다. 동물원의 핵심 서비스를 담당하고 있는데 그에 대한 보상으로는 너무 적은 것 같다. 동물들로 수익을 창출하는 동물원은 섬에서 사람을 노예 취급하는 못된 자들과 무엇이 다를까?

동물원이 존재해야 하는 이유를 논할 때마다 늘 언급되는 두 가지가 있다. 바로 교육과 종 보전이다. 하지만 두 가지 이유가 동물원의 모든 상황에 당위성을 부여하지는 못한다. 교육과 종 보전을 논하려면 인간의 이

익보다 동물권이 먼저 보장되어야 한다.

동물권이 보장되지 않는데 교육과 종 보전을 먼저 외친다면 그건 잘못돼도 한참 잘못된 처사이다. 동물권이 보장되지 않는 동물원은 교육의 공간이 아니라, 단순히 구경거리를 제공하는 곳이 될 뿐이다. 또한 앞서 말했듯이 진정한 종 보전은 동물들이 행복한 삶을 살 수 있을 때야 의미가 있다. 인간의 행동, 동물원에서의 삶에 직접 동의하지 않은 동물들을 흥밋거리로만 이용한다면 그곳은 동물원이 아니라 동물 착취 시설이라 불러도 될 것이다.

이렇게 이야기하면 독자분들은 나를 동물원 반대론자라고 생각할지도 모르겠다. 하지만 나는 동물원 반대론자나 폐지론자는 아니다. 동물의 생태에 적합한 시설을 갖추고 동물 종의 보전과 연구에 집중한다면 동물원이라는 공간이 자신들이 주장하는 순기능을 다할 수 있다고 믿고 있다.

우리는 동물원을 구색을 갖추려고 만들어둔 지역 시설, 이색 동물을 보여주는 전시 공간으로 보는 시각을 버려야 한다. 각 동물원은 동물을 보호하고 야생으로 돌아갈 수 없는 동물에게 안식처를 제공하는 곳이 될 수 있다. 이런 방향으로 동물원의 기능을 강화한다면 동물원의 존재 의의를 논할 때 좀 더 당당히 긍정적으로 답할 수 있을 것 같다.

이런 동물원의 긍정적 변화를 국공립 동물원에서 앞장섰으면 한다. 한국에는 서울동물원, 어린이대공원, 대구달성공원, 대전동물원, 청주동물원 등 국공립 동물원이 많다. 도마다 동물원이 꼭 있어야 한다는 논리로 동물원을 세웠나 하는 의심이 들 정도다. 열심히 변화를 일구어내시는 동물원 직원분들이 전국에 계시다는 사실을 잘 알고 있지만, 직원 개개인의 노력 이상으로 국가나 지자체 차원에서 노력이 필요하지 않나 싶다.

또한 동물원을 찾는 사람들에게도 부탁하고 싶다. 부적절한 전시 시설이나 동물의 생태와 동떨어진 흥미 본위의 체험 프로그램들을 접하면 문제를 제기하고 더는 방문하지 않는 것이다. 야생 동물을 만질 수 있다고 기뻐하지 말고 그런 프로그램이 동물에게 좋지 않다고 충고해야 한다. 각 개인은 변화를 앞당길 수 있다. 동물을 바라보는 대중의 시각이 높아지면 동물원은 그 변화에 맞추기 위해 더 빠르게 변화할 것이다.

동물원 수의사로서 강의를 나갈 때면 질문을 던지는 것 이상으로 더 많은 질문을 받았다. 가장 많이 들은 질문은 '동물원 동물은 행복할까요?'였다.(물론 어린 학생들이 가장 좋아하는 질문은 '사자, 호랑이를 어떻게 치료하시나요?'였다. 그럴 때면 입으로 불어서 주사를 놓는 블로우건을 이용해서 잠재우거나 마취를 하고 치료한다고 답했다). 현업에 있을 때 가장 답변하기 어려운 질문이었다. 그들은 과연 어떤 감정을 갖고 동물원에서 지내고 있을까? 내가 과연 그들의 행복을 판단할 수 있을까? 어떤 종들은 분명 동물원 생활이 행복한 것도 같은데, 어떤 종들은 아닐 수도 있지 않을까? 머릿속은 복잡해진다.

그 당시 내가 내놓은 대답은 이러했다.

"동물들이 행동학적이나 수의학적으로 문제없이 안락히 지낼 수 있도록 노력하는 것이 그들의 행복을 위해 제가 동물원 수의사로서 할 수 있는 최선입니다. 동물원을 관리하는 사람도 관람객도 아닌, 그곳에 사는 동물들이 동물원의 진정한 주인이라고 모두가 여길 수 있게 하는 것 또한 저의 역할이라고 생각합니다."

인증서보다
중요한 것

동물원을 떠난 지도 햇수로 8년이 되어간다. 동물원을 퇴사했음에도 나는 여전히 동물원이나 아쿠아리움과 관련된 일들을 하고 있다. 직원으로서 근무하는 동안에 이루지 못했던, 내가 꿈꾸는 동물원을 만들고 싶다는 꿈에도 아직 미련이 남아 있다. 이런 이유 때문에 동물원 소식은 여전히 내 주위를 맴돈다.

2019년, 여러 뉴스와 SNS에서 국내의 동물원 두 곳이 아시아 최초로 AZA Association of Zoo and Aquarium, 미국동물원수족관협회의 인증을 받았다는 소식을 알렸다. AZA가 운영하는 이 인증 제도는 동물원과 아쿠아리움 분야에서 세계적인 권위를 자랑한다. 기관의 시설이 동물들에게 얼마나 적합한지, 멸종위기종의 보전, 생태 교육, 안전 훈련 등이 얼마나 동물 복지를 기반으로 이루어지고 있는지, 운영 체계 전반을 살핀 뒤 그 역할을 충실히 수행하는 동물원에 수여한다.

몇 해 전부터 국내 두 곳의 동물원에서 AZA 인증을 준비하고 있다는 소식을 전해들었다. 소식을 전한 분에게 그 두 곳이 AZA 인증 조건에 미달하는 것 같으며, 인증을 받기 위해 들이는 시간과 비용을 동물들에게 쓰는 것이 더욱 값진 일이 아닐까 하는 의견을 피력했다. 물론 AZA라는 조직이 내가 추구하는 만큼 기준을 엄격하게 세우지 않았거나, 동물원 측에서 실질적인 현장 조건보다 서류 준비에 만전을 기해 통과할 수도 있지 않을까 하는 의구심도 있기는 했다.

그런 생각을 뒤로하고 AZA 인증에 대한 일을 잊고 지내던 어느 날, 두 동물원이 동시에 AZA 인증을 받았다는 소식을 들었다. 나를 가장 의아하게 만든 것은 국내 동물원이 AZA 인증을 받은 게 아시아 최초라는 사실이었다.

　나는 동물의 보존과 복지를 중심에 두고 운영하고 있는 아시아의 다른 동물원들을 쉽게 떠올릴 수 있다. 아시아의 경제대국인 일본이나 대만, 싱가포르에는 이미 세계적으로 인성받는 동물원들이 운영되고 있다. 일본의 우에노 동물원, 대만의 타이베이 시립동물원, 싱가포르의 싱가포르 동물원은 국제적으로 유명한 동물원들이다. 심지어 동남아 여러 국가에서도 동물들의 복지를 위해 앞장서고 있는 동물원들이 많다. 나는 이 아시아의 다른 동물원들에서 동물들의 질병 예방 관리가 잘되며, 생태 연구가 많이 진행된다는 인상을 받았다. 국내 동물원들 또한 이들 못지않게 많은 노력을 했기에 인증을 받을 수 있었던 것이겠지만, 해외 다른 동물원들보다 더 동물 복지를 신경 쓰는지는 의문이 든다. 그들도 받지 않은 AZA 인증을 굳이 받을 필요가 있었는지도 잘 모르겠다.

　왜 우리는 해외 기관의 인증에 목매는 것일까? AZA 인증이 동물원이 시행하는 제도의 방향이 모두 옳다고 상징적으로 보여주는 면죄부라고 생각했을까? 그렇다면 다른 나라의 동물원들은 왜 AZA 인증을 준비하지 않는 걸까? 내가 짐작하기에 그들이 굳이 AZA 인증을 받을 이유가 없다고 생각했기 때문 아닐까 한다. 다른 나라에서 주는 인증이 뭐가 그리 중요하다고 별도의 인력과 비용을 들여가며 열심히 준비했을까?

동물원 담당자에게 묻고 싶다. AZA 인증을 받는 것이 동물원의 현실을 개선하는 것보다 우선해야 할 문제인가? 나는 이 상황이 보여주기식 행정의 대표적인 사례라고 생각한다.

동물원은 새로운 소식을 담은 뉴스를 내보내 홍보를 하고 관람객을 유인한다. 어느 동물원에서 새롭고 희귀한 동물을 전시하고 있다거나, 번식이 어려운 종이 새끼를 낳는 데 성공했다는 등의 이야기가 뉴스로 나간다. 새로운 먹이를 찾아주었다거나 쉼터를 더 안락하게 바꾸었다는 등의 동물들을 위한 작은 노력들은 사육사들만의 일이지 주요 뉴스거리가 되지 못한다. 그런 일상적인 작은 노력 하나하나가 동물들의 삶의 질을 높이는 데도 말이다.

동물원 전체가 각 동물들에게 관심을 갖고 삶의 질

을 높이기 위해 노력한다면 시설과 예산에 한계가 있더라도 더 훌륭한 결과를 불러올 것이다. 그렇게 되면 결과적으로는 외부 기관의 인증보다 더 큰 대중의 관심을 끌 수 있을 거라는 사실을 동물원만 모르는 것 같다.

퇴사한 이후로 동물원에 방문하는 일이 쉽지 않았다. 특히 내가 일했던 동물원에 가는 것은 너무 힘든 일이었다. 동물원에서 일하면서 느꼈던 고뇌가 다시 떠올랐기 때문이다. 국내의 다른 동물원과 마찬가지로 각 동물에 적합한 시설은 부족했고, 환경은 생태적으로 접근하기보다 관람객들에게 잘 보이기기 위해 조성되었으며, 동물들이 움직일 수 있는 동선은 동물들의 사회 구조를 무시한 채 사람이 가까이에서 관찰할 수 있게 설계되었다. 관계자들과 관람객들은 이런 환경이 훌륭하다고 찬사를 보냈다. 오로지 사람을 중심으로 움직이고 있었다.

　요즘에도 가끔씩 여러 동물원에 갈 일이 생긴다. 그럴 때마다 나는 전시 시설과 내부 시설의 청결 상태를 꼭 확인한다. 안타까운 일이지만 보이는 곳마다 먼지가 수북하다. 이곳저곳에 걸린 안내판들도 다 훼손되어 있고, 동물원 환경도 변함이 없어 늘 홍보하는 동물 복지 활동은 뭘 한다는 것인지도 모르겠다. 대부분이 공공기관임에도 불구하고 기본적인 관리가 되고 있지 않은 구석이 눈에 많이 띈다.

물론 이런 것들로 동물원의 모든 면을 평가할 수는 없을 것이지만, 과연 동물들의 건강 관리는 철저하게 하고 있을지 의문이 든다. 이렇게 시설 관리가 되지 않는 것은 인력이 부족해서일까? 업무의 효율성이 떨어져서일까? 동물원 관리자라면 이런 기본적인 문제들이 타 기관의 인증을 받는 일보다 훨씬 시급하다는 사실을 인지해야 한다.

추측하건대 아시아에서 높은 평가를 받고 있는 동물원들은 AZA 인증보다는 기본적인 동물원 관리와 동물 복지를 위한 활동들을 중요하게 여기고 있을 것이다. 보여주기를 위한 쉬운 방법 대신 더 어렵고 정성이 필요한 방법을 택해서 동물들에게 실질적으로 혜택을 주며, 이를 통해 대중들에게 한걸음 더 다가가는 동물원이 되길 바랄 것이다.

동물원에서 일했던 수의사로서 국내 동물원들이 아시아 최초로 AZA 인증을 받았다는 반가운 소식에 마냥 기뻐하거나 축하할 수 없었다. 계속 마음 한편이 불편하다.

인증서보다 중요한 것

동물의
삶을 위한
끝없는 공부

동물원 진료는 기본적으로 사육사들과의 소통으로 시
작된다. 수의사는 사육사들과 나눈 이야기를 바탕으로
해당 동물의 현재 상태와 사육 시설 설비에 대해 고민
한다. 개중에는 즉시 개선할 수 있는 문제도 있지만 대
부분의 문제는 개선하려면 시간이 필요하다. 새로운
설비가 필요하기 때문이다. 그러나 이도 충분치는 않
다. 단발적인 치료와 설비의 변화로 당장의 문제를 해
결할 수는 있지만, 반복되어 발생하는 문제를 멈출 수
는 없는 노릇이다.

살아 있는 생명체는 늘 변화하기 마련이다. 생명체가 필요로 하는 환경 또한 변화한다. 사육 환경도 그 변화에 발맞추어 변화하고 개선해나가야 한다. 그렇기 때문에 부지런히 새로운 것을 시도하고 배우는 사육사가 돌보는 동물들에게서는 생동감이 느껴진다. 관람객에게 잘 보이기 위해 생동감을 꾸며내는 것이 아니라, 동물들 스스로 살아가고자 하는 의지를 가지고 활발히 살아가도록 하는 것은 어려우면서도 중요한 일이다. 그런 활기가 느껴지는 동물사에 방문하면 사육사의 노고를 느낄 수 있어 좋았다.

동물들에게 활력을 불어넣을 방법은 생각보다 가까이에 있었다. 많은 비용이나 새로운 시설 같은 거창한 조건이 필요한 게 아니다. 그곳에서 함께하는, 도구를 사용할 수 있는 사람이 다른 생명을 위해 먼저 노력한다면 얼마든지 긍정적인 영향을 끼칠 수 있다. 이 사실을 깨닫고 사람의 변화를 꾀할 방법을 고민했다.

사육사들의 의욕을 증진시키기 위해 고민하다 생각해낸 것이 교육 프로그램이었다. 동물에게 필요한 환경을 알기 위해서는 지식이 필요하다. 수의학적 지식이든 생태적 지식이든 학계에서는 많은 이들이 연구를 계속해나가며 계속 새로운 지식들을 내놓고 있다. 개중에는 동물의 삶에 꼭 필요하지만 우리가 몰랐던 지식도 있다. 한편 기존 연구로는 명확히 밝혀지지 않았지만 업무에 필요한 지식이 있을 때도 있다. 그럴 때면 자체적으로 연구를 하는 수밖에 없다.

그래서 많은 사육사들은 늘 배움에 목 말라 있다. 이들에게는 머리를 맞대고 동물들의 삶에 대해 함께 고민을 할 동료가 필요했다. 담당 동물들을 아끼는 사육사들의 의지가 현실에서 발현될 수 있도록 등을 떠밀어주고 싶었다. 사육사 교육 프로그램 개발을 담당하게 된 나는 이런 생각으로 커리큘럼을 짜기 시작했다.

교육 프로그램을 개발하면서 프로그램의 이름과 커리큘럼에 대해서 고민을 시작했다. 나는 지금도 그렇지만 무언가를 새로 시작할 때 이름을 멋지게 붙이고 싶어 하는 경향이 있다. 긴 고민 끝에 'EZEC 동물원 사육사 교육 과정, Eㅇㅇ Zookeeper Educational Course'라고 이름 붙인 그 프로그램은 동물 사육에 관한 기본 지식으로 구성된 총론, 각 종별 관리에 대한 각론으로 구성되었다. EZEC는 국내 동물원에서 처음으로 갖춘 체계적인 사육사 교육 프로그램이었다.

이 프로그램은 지식을 단순히 전달하는 것이 아니라 실제 업무에 적용할 수 있게 하는 것이 목적이었다. 강의는 2~3개월 동안 진행되었는데, 수강하는 사육사 모두 그동안 가지 연구 주제를 정해 연구를 수행해야 했다. 대부분의 사육사가 자신이 담당하는 동물의 번식률과 활동성을 높이는 연구를 진행했다. 강의 마지막 단계에는 학술 대회를 열었는데, 이때 연구 성과를 동물원의 모든 직원들 앞에서 발표하도록 했다.

물론 처음에는 서투른 점이 많았다. 강사마다 강의의 구성과 질이 천차만별이었고 수업을 듣는 사육사들도 동기 부여가 되지 않은 듯 보였다. 그래도 프로그램에 참여하는 대부분의 사육사들은 일주일에 두 번, 고된 업무를 마친 뒤에 강의실을 찾았다. 아무런 패널티가 없었는데도 참석률이 늘 90% 이상이었다. 동물들을 위하는 사육사들의 마음이 단적으로 느껴지던 순간이었다.

사육사들의 노력들이 좋은 결실을 맺고 외부에도 알려지기를 바랐다. 그래서 몇몇의 사육사들과 연구 과제에 대해 같이 의논하기도 했다. 이 프로그램에서 의미 있는 성과를 얻어, 사육사들의 노력으로 동물원이 변할 수 있다는 사실을 증명해 보이고 싶었다.

EZEC 프로그램을 진행하면서 많은 변화가 일어났다. 회진하는 동안 그 변화를 실감할 수 있었는데, 이전에는 동물의 현재 상태에 관련된 단편적인 질문을 많이 받았다면 교육 이후로는 연구 과제와 관련된 질문을 많이 받았다. 이러한 질문들은 나와 사육사들이 함께 공부할 수 있는 원동력이 되었다. 각 동물사 단위로 공부하는 분위기가 조성되었다. 동물원 지원 사무실에 있는 내 자리를 찾아와 자료를 보여주며 더 좋은 의견이 있는지 묻는 사육사들이 늘어났고, 우리는 밤이 깊어지는지도 모르고 함께 연구 과제에 대해 이야기를 나누었다.

드디어 첫 번째 학술 대회 날이 밝았다. 학술 대회는 총 사흘에 걸쳐 진행했다. 하루에 여덟 명이 연구 결과를 발표했다. 학술 대회는 이 교육 프로그램에서 가장 중요한 파트였다. 큰 강의실을 빌리고 심사위원석을 따로 마련해서 여느 컨퍼런스 못지않은 진중한 분위기를 내려고 노력했다. 사회도 격식에 맞추어 보고, 질의응답이 자연스럽게 진행될 수 있도록 했다.

학술 대회 참여에는 강제성이 없었음에도 동물원 직원의 80% 이상이 자발적으로 참여했고, 자리는 만석을 이루었다. 모두가 발표자들의 발표에 집중했고, 과제에 따라서 창의적이고 실질적인 질문과 답변들이 오갔다. 마지막 학술 대회 날에 모든 수강생의 발표가 끝나자, 모두가 그간의 노력에 대해 서로 격려하며 축하했다. 그 모습에 가슴이 뭉클했다.

2010년도에 처음 시작된 이 프로그램은 해를 거듭하며 영향력이 더욱 커졌다. 매년 겨울 시즌에 시작하는 교육 과정을 대비해 가을부터 각 동물사에서는 사육사마다 연구 과제 주제를 찾으려 애썼다. 3년이 지나자 학술 대회는 겨울 시즌을 대표하는 동물원의 행사로 자리매김했다. 또한 이 교육 과정은 한국산업인력공단에서 실시하는 '사업내 자격검정사업'으로 정식으로 인정받았다. 지원금을 받아 운영될 정도로 공신력을 얻은 셈이다. 이때 만들었던 사육사 교육 과정은 여러 동물원에서 벤치마킹했으며 지금까지도 더욱 발전하고 있다.

이 프로그램에 힘을 받아 또 하나의 과정을 계획했다. 사육사 교육 과정이 사육사의 기본적인 업무 능력을 높이기 위한 기초 과정이었다면, 경력 있는 사육사들과 매주 모여서 장기간 연구를 진행하는 심화 과정을 만들고 싶었다. 이름을 중요하게 생각하던 나는 역시나 우선 'ZARA 동물원 연구회, Zoo Animal Research Academy'라는 프로그램명부터 지었다.

ZARA는 계획대로 여덟 명의 사육사와 그룹을 만들어서 2주에 한 번 진행했다. 두 시간 일찍 출근해서 아침 일과 전에 회의실에 모여 그 동안의 연구 경과를 발표하고 서로 의견을 주고받았다. 각자 자신이 현업에서 새롭게 하고 싶은 업무나 현재 풀어나가지 못하는 업무에 대해 심도 있게 고민하고 이를 위한 계획을 세워 6개월 정도의 기간 동안 과제를 수행했다. 장기간에 걸쳐 함께 논의하며 진행하자 동물원의 환경을 많이 바꿀 수 있었다. 국내 최초로 해리스매 번식에 성공했고, 반딧불이의 생존률과 부화율도 높아졌다. 이와 같은 값진 성과들은 뉴스를 타기도 했다.

교육은 어느 분야에서나 업무의 전제 조건과도 같다. 생명을 다루는 일이라면 교육과 연구는 더욱 중요해진다. 변화하는 생명을 따라가야 하기 때문이다. 수의사노 사육사도 동물들을 위한 공부를 끊임없이 해야 한다.

교육 프로그램을 통해서 나는 사육사들과 더 많은 정보를 공유했고 현장의 사육 업무에 대해 깊이 있게 이해할 수 있게 되었다. 사육사들과의 관계가 더욱 깊어진 것은 물론이다.

퇴사할 때 동물원 곳곳을 돌며 인사를 건넸다. 가장 오래 근무하신 사육사(그분은 늘 농담으로 나를 교장 선생님이라고 부르셨다)께서 이런 문화를 동물원에 심어줘서 고맙다고 인사를 하셨다. 진심 어린 감사에 나도 모르게 눈시울이 붉어졌다.

지금도 나는
여전히 꿈속에서
동물원을 헤맨다

동물원 생활에 적응하고 나서 이곳에 뼈를 묻겠다고 다짐했다. 동물원장이 되어 내가 원하는 동물원을 만들어보겠다는 포부를 품었다. 그런데 수의사 두 명이 서로 의지하며 격렬하게 일했던 신입 시절을 지나자 그 포부가 흔들리기 시작했다. 후임 수의사 세 명과 함께 여유롭게 지내고 있을 때 퇴사에 대한 고민이 시작되었다.

언제부터인가 동물원 회진을 돌 때마다 성능이 좋은 DSLR 카메라를 가지고 다녔다. 진료나 상담을 하는 경우가 아니라면 동물들을 찍으며 시간을 보냈다. 진료 시간 그 이상을 사진을 찍는 데 할애했을지도 모르겠다. 사진을 찍으면서 동물들을 계속 보았다. 그러자 카메라 렌즈 너머로 지금까지 구분하지 못했던 동물들의 얼굴이 눈에 들어왔다. 카메라 화면에 잡힌 각 동물들의 얼굴은 얼핏 보면 귀여웠지만, 자세히 보면 하나같이 힘이 없었다. 체념한 듯도 했다. 그 당시 내 심리 상태가 동물들을 보는 시각에 반영되었는지도 모른다.

오래전에 동물원에 실습을 왔던 학생과의 대화가 떠오른다. 미국에서 수의대 진학을 준비했던 레베카라는 학생이었다. 실습 마지막날 레베카는 사무실 직원들 앞에서 실습 기간 동안 느낀 점을 발표하다가 끝내 눈물을 흘렸다. 밖에서 바라본 전시 공간과 낙후된 사육 시설 사이의 괴리 때문이었다. 그 자리에서 발표를 듣던 다른 사람은 아무도 울지 않았지만 나는 먹먹한 가슴을 쓸어내리며 구석에서 조용히 눈물을 흘렸던 기억이 있다. 아직까지도 내 컴퓨터에는 그 당시 레베카의 발표 자료가 보관되어 있다. 현실에 익숙해져갈 때면 경각심을 갖기 위해 한 번씩 발표 자료를 다시 열어본다.

레베카는 실습 중에도 가끔 눈물을 비쳤다. 그냥 지나칠 만한 상황도 놓치지 않고 열악한 환경을 비판하는 자신의 생각을 나에게 이야기했는데, 그건 가르침을 주기도 했다. 그런 레베카와 이야기하다 나 또한 동물원을 떠날 생각을 갖고 있다고 밝힌 적 있다. 레베카는 그때 선생님이 지금 떠나면 안 된다고, 오래 있으면서 조금씩 동물원을 변화시켜야 한다고 말렸다. 그 이후에도 8년을 더 동물원에서 근무했는데, 지칠 때마다 레베카와의 대화를 떠올리며 힘을 얻었다.

그러나 회진을 돌 때마다, 사진을 찍을 때마다 무기력한 동물들의 얼굴과 행동이 머릿속을 채웠다. 점점 그 모습들을 떨치지 못하는 시간이 길어졌다. 이곳에서 계속 일을 하면서 내가 할 수 있는 범위 내에서 바꾸려고 애쓰는 것이 옳은지, 이곳을 떠나 다른 일을 찾는 것이 옳은지 결정하기 어려웠다.

내가 처음 입사했을 때의 상황과 지금의 동물원이 무엇이 달라졌을까? 동물원 시설은 확충했고 겉보기에는 더욱 화려해졌다. 사육사 교육 프로그램도 마련했고 동물들을 위해 애쓴다고 여러 가지 일을 했다. 그러나 곰곰이 생각해보니 생각보다 달라진 것이 별로 없었다. 관람객들이 동물들을 더욱 가까이서 볼 수 있도록 함으로써 동물 복지에 반하기도 했다. 인기 많은 동물들을 체험 프로그램에 넣어 홍보하기에 바빴고, 올바른 번식 계획을 세워 적정 개체수를 유지하도록 하는 일도 제대로 되지 않았다. 모두들 외적인 것에만 관심을 쏟고, 정작 중요한 동물 복시에 대해서는 일선에서 일하는 사육사와 수의사만이 고민하고 있었다.

만약 그때 내게 동물원의 비전을 제시하고 함께 좋은 동물원을 만들어가자고 제안한 사람이 있었다면 지금도 그곳에서 일하고 있었을지도 모른다. 하지만 나는 지쳤고, 겉보기에만 화려한 그곳의 생활을 마무리하자고 마음을 먹었다. 결단하고 한 달 정도 뒤에 동물원을 나왔다.

오랫동안 근무했던 회사를 퇴사한다는 것은 쉬운 일이 아니었다. 한동안은 아무것도 손에 잡히지 않았다. 아침에 일어나면 출근을 해야 할 것 같았고 당장이라도 사육사들한테서 전화가 올 것 같았다. 그러나 아무것도 없었다. 고요한 아침 햇살만이 거실을 비추었고 나는 무기력하게 앉아 있었다.

집과 동물원은 십 분 정도 거리에 있었다. 쉬다가도 한달음에 동물원에 찾아가고 싶었다. 진료했던 동물들의 얼굴이 아른거렸다. 십 년 가까운 기간을 동물원 생활에 쏟아부은 탓이었다. 그때의 그 감정은 그 어떤 시련보다 힘들고 잔인했다. 너무 무기력해서 아무것도 못할 것만 같아 두려웠다.

퇴사를 결정하는 것이 너무 어려웠는데 막상 퇴사를 하니 일상생활에 복귀하는 것이 더 힘들었다. 낮에는 멍하니 천장만 쳐다보고 밤에는 꿈에서 진료 가방을 들고 동물원을 거닐었다. 되돌릴 수만 있다면 다시 동물원에 가고 싶었다. 동물원에서만 줄곧 일했던 내가 갑자기 다른 분야에서 새로 시작한다고 생각하니 가슴이 답답해지고 잠도 오질 않았다.

일주일 정도가 지났을까? 새롭게 출발하기 위해 다시 길을 나섰다. 퇴사 전에 계획한 것들을 하나씩 시도하기 위해서였다. 무언가를 이루기 전에는 동물원에 다시 가면 안 될 것 같다는 직감이 들었다. 꿈을 꾸는 것은 막을 수 없었지만 의식적으로 동물원에 대한 생각을 피했다. 친했던 동물원 사람들에게도 연락하지 않았다. 내 삶에서 동물원을 지워야만 했다.

3년이 지난 뒤에야 근무했던 동물원에 방문했다. 그때의 기억이 아직도 생생하다. 시간이 꽤나 지났음에도 당장 진료 가방을 들고 진료를 해야 할 것 같은 기분이 들었다. 어제까지 그곳에서 일했던 것처럼 모든 일상이 너무 자연스러워 보였고 내가 사복으로 동물원을 다니는 것이 낯설었다.

꿈을 꾸는 듯했던 그 묘한 감정이 아직도 느껴진다. 아직도 동물원에 가는 것이 자연스럽지 않다. 그리고 지금도 나는 여전히 꿈속에서 동물원을 헤매고 있다.

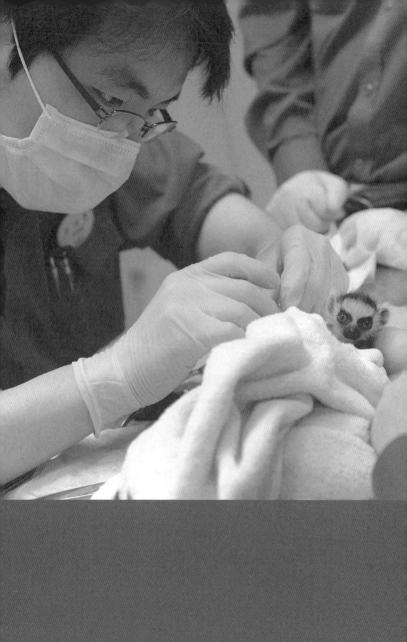

저희 병원에서는
특수 동물을
진료합니다

동물원을 나오기 전에 많은 계획을 세웠다. 그중 나만의 동물병원을 만드는 계획이 내 가슴을 가장 많이 뛰게 했다. 병원 설계부터 진료 과목까지 모두 내가 결정해 나의 분신 같은 동물병원을 운영한다니 설렐 수밖에. 그러나 내 병원을 세우기 전에 먼저 준비해야 할 일들이 있었다. 나는 경험이 필요했다.

　퇴사 후 일주일도 채 지나지 않아 곧바로 동물병원에서 일하기 시작했다. 내가 세운 동물병원은 아니고, 왕복 네 시간 거리에 있는 병원이었다. 두 달 동안 그곳에서 일하며 동물병원의 기본 업무와 진료 프로세스에 대해 악착같이 배웠고, 퇴근 후에는 세미나에 참석해 부족한 지식을 채워나갔다. 동물원에서 일하던 나는 일반적인 동물병원 운영에 대해 아는 게 별로 없었기 때문이다. 이곳에서의 새로운 경험이 나의 밑바탕이 되기를 바랐다.

그 이후에는 대형 동물병원의 익스턴십을 신청했다. 업무 현장에서 실무를 지켜보며 배울 수 있는 과정인데 생각보다 스케줄이 잘 짜여 있었다. 한 달 동안 각 과를 돌며 2차 병원(종합 병원)의 업무 흐름과 심도 깊은 진료 방식에 대해 알아갔다.

짧지만 집중적인 시간을 보내고 어떤 동물병원을 차릴 것인지 고민해보았다. 규모가 큰 동물병원은 전혀 안중에 없었다. 내가 할 수 있는 소소한 일을 하며 보호자들과 소통하는, 조화롭게 운영되는 병원을 만들고 싶었다. 동물원에서 쌓은 경험과 지식을 살려, 국내에서는 흔치 않은 특수동물의학 분야를 특화하는 것을 목표로 잡았다.

특수 동물의 범주는 명확히 정해져 있지 않다. 사전에도 등재되지 않아 적확한 용어라고 보기 어려울 수도 있다. 하지만 나는 이 단어를 사용해야 할 필요성을 느낀다.

사람들이 가장 많이 키우고 오랫동안 사람의 곁의 지켜온 반려동물은 단연 개와 고양이일 것이다. 그러나 최근 반려동물은 개와 고양이에 국한되지 않는다. 토끼, 햄스터, 친칠라, 기니피그, 고슴도치, 뱀, 페럿, 다람쥐, 앵무새 같은 기존에 보기 드물었던 동물들을 키우는 가정이 많아지고 있다. 이런 반려동물들을 개·고양이와 구분해서 주로 특수 동물이라고 부른다.

대부분의 동물병원은 전통적인 반려동물인 개·고양이만을 진료하며, 그 이외의 동물을 진료하는 곳은 찾기가 힘든 편이다. 특수 동물들은 종이 다양한 데다가 개·고양이만큼 연구가 많이 되어 있지도 않아 진료보기가 까다롭다. 그래서 나는 동물원에서 많은 동물들을 보았던 경험을 특수 동물 진료에서 살릴 수 있지 않을까 기대했다. 그러려면 우선 공부가 필요했다.

국내에는 특수동물의학을 체계적으로 공부할 수 있

는 기관이 부족했기 때문에 호주에 있는 시드니 대학 부속 동물병원인 AREPH Avian, Reptile&Exotic Pet Hospital, 특수 동물 병원 에 도움을 요청했다. 다행히 4주간의 익스턴십 과정 을 승인받았다. 나는 바로 짐을 싸서 호주로 날아갔다.

시드니에 도착해 병원이 있는 캠든으로 이동하니 그새 저녁이 되었다. 익스턴십 과정은 다음 날부터 시 작이었는데, 기숙사에 들어가기 전에 인사할 겸 병원 에 들렀다. 무턱대고 문을 열고 아는 사람도 없는 병원 에 들어설 때의 설렘과 긴장이 생생하다. 잘 다니던 동 물원을 나와 이 멀리까지 와서 고생을 하나 하는 설움 도 조금 있었던 것 같다.

AREPH에는 동물원만큼이나 다양한 동물들이 찾 아왔다. 호주는 동물원에서도 보기 힘든 코알라나 웜 뱃이 야생에서 구조되는 곳이었다. 병원에서는 조류, 파충류, 페럿, 토끼 등 날마다 새로운 동물을 진료했다. 그 진료 과정을 옆에서 참관하며 특수 동물 진료 프로 토콜과 접근 방법에 대해 알아갔다.

익스턴십 과정이 끝나고 수석 수의사 해미쉬의 도 움으로 시드니 시내에 있는 특수 동물 전문 병원을 견

학할 기회를 얻었다. 호주는 한국과 달리 특수 동물만 특화해서 진료하는 동물병원이 많다는 것이 신기했다. 왜 그런지 이런저런 짐작을 해보았는데, 아무래도 특수 동물이 한국보다 더 보편적이기 때문 아닐까 한다. 개체가 많으니 동물병원도 많을 수밖에 없을 것이다.(물론 자본주의적인 이유도 한몫할 것이다. 개·고양이 진료비도 높긴 한데 특수 동물의 진료비는 한국보다 다섯 배는 더 높았다.)

해미쉬의 안내로 방문한 병원의 원장 알렉스는 특수 동물을 위한 입원 시설과 진단, 처방 방법을 알려주었다. 그는 현재 한국에 특수 동물만 진료하는 병원이 없다는 말에 꽤 놀라며 내 목표에 응원을 보내주었다.

호주에서의 경험으로 특수 동물 진료라는 목표가 현실에 더 가까워졌다. 하지만 현재 한국의 환경에서 특수 동물만 진료하는 병원 운영이 가능할지가 고민이었다. 무엇보다 개와 고양이를 진료하는 일도 마음에 들었기에, 처음부터 특수 동물만으로 진료 대상을 한정할 필요는 없을 것 같았다.

저희 병원에서는 특수 동물을 진료합니다

배움에는 끝이 없다. 한국에 돌아와서 예전부터 관심을 갖고 있던 수의치과 분야를 공부하기로 했다. 수의치과를 특화하여 운영하는 병원에서 근무하기 시작했다. 이 병원은 모든 진료가 예약제로 운영되어 환자 하나하나에 시간을 들여 여유롭게 상담하고 진료를 할 수 있었다. 또한 국내의 대표적인 수의치과병원이라 수의치과에 대한 지식을 넓힐 수 있었다.

사람의 전문 병원이 그렇듯이, 병원에서 다루는 분야가 좁고 전문적일수록 진료 또한 전문적이고 구체적으로 진행된다. 이 병원에서는 구강 질환에 대한 폭 넓은 진단이 가능하고 치료 방향도 다양하게 제시했다. 특히 일반 동물병원에서는 진행하기 어려운 신경 치료나 크라운 치료 같은 치과 수술도 경험할 수 있었고, 발치가 어려운 경우도 수월히 진료를 마무리했다. 한 부위의 질환에 특화되어 있다는 점은 매우 큰 장점이었다.

이렇게 동물원에서 나온 뒤 2년 동안 다양한 동물병원에서 정신없이 일했다. 일반적인 진료와 행동학 진료,

그리고 기본적인 치과 진료를 담당하면서 동물병원 개원을 준비했다. 동물병원에서 일하면 일할수록 개, 고양이 진료에 매력을 느꼈다. 행동학 상담으로 보호자와 동물이 편안해지는 모습을 보면서 더더욱 개와 고양이가 좋아졌다.

많은 고민 끝에 내 병원은 진료 중심으로 운영하기로 결정했다. 일반적인 진료도 보지만 특수 동물과 수의치과에 특화하기로 가닥을 잡았다. 진료의 비중을 높이기 위해 미용이나 호텔 서비스는 운영하지 않고 예약제로 진료를 보기로 했다. 지금도 그렇지만 미용이나 호텔 서비스를 제공하지 않고 예약제로 진료만 하는 병원은 그리 흔치 않았다.

개원 준비는 병원 위치를 정하는 것부터 인테리어, 검사 장비, 수술 도구 선택, 의약품 구비 등 끝도 없는 고민의 연속이었다. 또 구청에 신고하고 검사를 맡아야 하는 것이 뭐가 그리도 많은지. 작은 병원 개원하는 데 몇 달을 정신없이 보낸 듯하다. 나만의 분위기를 살리고 싶다고, 덤으로 비용도 줄이겠다면서 병원 도면 설계부터 인테리어까지 대부분을 직접 진행했다. 추운

겨울 내내 현장에서 공사 진행 상황을 점검하고 가구도 직접 주문해서 설치하며 모든 정성을 쏟아부어 동물병원을 만들어갔다. 그렇게 작지만 내가 원하던 나만의 동물병원이 완성되었다.

개원일은 목표했던 대로 3월 1일로 정했다. 오래전부터 개원일을 3월 1일로 하겠다고 마음 먹고 있었다. 3월은 봄의 시작이니까. 할아버지의 영향도 있었다. 할아버지는 3·1운동으로 옥고를 치르셨던 애국지사셨는데, 지금은 기억이 희미하지만 초등학교 조회 시간에 국기에 대한 경례를 할 때마다 나는 늘 할아버지를 떠올렸다. 설레기도 하지만 두려웠던, 새로 시작하는 첫 출발을 할아버지에게 응원받고 싶었다. 이러한 초심을 잊지 않기 위해서 병원 전화번호의 끝자리도 어렵사리 0301로 정했다.

모든 것이 준비된 나만의 동물병원은 봄의 시작과 함께 시작되었다.

페럿의
꿈꾸는
다락방

우리 병원에 가장 많이 오는 특수 동물 중 한 종은 페럿이라는 족제비과 동물이다. 국내에서는 보기 힘들지만, 해외에서는 잘 알려진 반려동물로 족제비과에서 유일하게 가축화된 종이다.

가정에서 키우는 페럿은 대부분 해외에서 중성화를 마친 뒤 한국에 들어온다. 그 때문인지 페럿은 앵무새나 토끼, 햄스터 등 다른 특수 동물에 비해 키우는 사람이 비교적 적다. 그렇다 보니 일반적으로는 동물병원에서도 접하기 쉽지 않다. 동물병원에서 이렇게 많은 페럿을 만나게 될 줄은 꿈에도 몰랐다.

페럿과 인연을 맺게 된 데 특별한 계기가 있었던 것은 아니다. 수의치과 전문 병원에서 부원장으로 일하고 있을 때 우연히 한 보호자가 페럿을 데리고 진료실에 들어왔다. 동물원에도 페럿이 있어서 진료를 도맡았지만 동물원 밖에서 페럿을 만나게 될 거라고는 생각도 못했다.

동물병원에서 페럿을 만나니 반가운 마음에 진료가 끝나고도 페럿을 키울 때 주의해야 할 사항이나 주요 질병들에 대해 천천히 설명을 이어갔다. 보호자와 페럿에 대한 많은 이야기를 나누었다. 그분은 페럿에 대해 이렇게 많은 정보를 얻을 수 있는 동물병원이 많지 않았다며 고마워하셨다.

그 보호자는 병원을 두세 번 정도 더 방문하셨는데, 내게 유기 페럿에 대한 이야기를 들려주셨다. 유기견, 유기묘에 대한 이야기는 많이 들어봤을 것이다. 그런데 유기 페럿이라니? 이전에는 유기된 페럿에 대한 이야기를 한 번도 접해본 적이 없었고 생각해본 적도 없었다. 앞서 말했듯 페럿은 대부분 중성화 수술을 끝낸 상태에서 수입되어 가정에 분양되기 때문에 야외에서 발견되는 페럿은 사람이 키우던 개체일 수밖에 없다. 그런 페럿들을 구조하는 일은 내가 생각한 것보다 체계적으로 진행되고 있었다.

유기 페럿 구조와 관리를 위한 '페럿의 꿈꾸는 다락방'이라는 커뮤니티가 있다. 이 커뮤니티 회원들은 전국에 흩어져 있는데, 각 지역별로 운영진이 있어서 유기 페럿을 발견하면 각 지역 담당 운영진이 임시 보호를 한다. 임시 보호자는 다양한 채널로 주인을 찾아주고, 주인을 찾지 못하거나 질병에 걸린 페럿들은 수도권에서 보호소를 운영하는 한 운영진이 돌본다.

이렇게 구조해 돌보는 유기 페럿들의 수는 생각보다 많은 편이고, 페럿은 내분비 기관인 부신에 문제가 생기는 경우가 많은데도 진료하는 병원이 흔하지 않기 때문에 수의학적인 도움이 절실하다. 이런 사정을 설명하는 그분에게서 페럿에 대한 사랑과 안타까움이 느껴졌다.

여러 수의사 협회에서는 유기견과 유기묘를 위한 봉사활동을 협회 차원에서 열심히 진행하며, 많은 수의사들이 이에 적극적으로 참여하고 있다. 나도 유기견, 유기묘를 위한 활동에는 종종 참여한 적이 있었다. 하지만 유기 페럿을 진료하는 일은 드물다.

어쩌면 이 일은 동물원에서 페럿을 많이 진료해봤던 내가 나서서 해야 하는 일이 아닐까. 이건 나만이 할 수 있는 일이었다. 이야기를 듣던 나는 가능하다면 내가 도움을 드리고 싶다고 말씀드렸다. 며칠 뒤 ㄱ 보호자와 커뮤니티 대표 운영진(편의상 선생님으로 부르겠다)이 병원에 찾아와 유기 페럿에 대해 이야기를 나눌 수 있었다.

선생님과의 만남은 무척 낯설면서도 설렜다. 유기 동물, 특히 개중 유기 페럿을 구조하는 일을 하시는 분이었는데, 페럿이 잘 걸리는 질병에 대해 꽤 날카로운 질문들을 던져 페럿에 대한 내 지식과 동물을 바라보는 태도를 확인하셨다. 나 또한 그 질문들을 통해 그분이 이 일에 얼마나 전심전력을 다하고 계신지, 그 열정을 느낄 수 있었다. 이야기를 나누면 나눌수록 이제야 수의사로서 좋은 일을 할 수 있겠다고 가슴이 벅차올랐다.

그러나 한 가지 걱정이 있었다. 당시 근무하던 병원은 내가 마음대로 운영할 수 있는 곳이 아니었다. 유기 페럿을 진료할 때 병원 내의 여러 장비와 약품을 사용해도 될지 알 수 없었다. 페럿을 위해 별도의 시간을 할애해야 한다는 문제도 있었다. 또한 그 병원은 일반 동물병원과는 달리 수의치과 전문 진료라는, 추구하는 방향이 뚜렷한 곳이었는데, 유기 페럿을 진료하는 활동이 병원의 정체성을 훼손할 수도 있었다.

이런저런 고민 끝에 이야기를 꺼냈다.

"뭐가 걱정이에요? 페럿 진료에 필요한 장비가 있으면 더 주문합시다. 여기 있는 동안 하고 싶은 분야를 얼마든지 시도해보세요."

내 걱정은 모두 기우였다. 원장님은 너무나 흔쾌히 유기 페럿을 돕는 활동에 대해 동의하며 격려를 건네셨다. 언제나 사람에게 가장 큰 힘이 되어주는 것은 주위의 다른 사람인 것 같다. 원장님과 맺었던 그런 신뢰 관계로 나는 내가 해보고 싶은 임상 분야를 개척해나갈 수 있었다.

유기 페럿 진료를 시작했다. 가장 먼저 현재 구조되어 보살핌 받는 아이들이 어떻게 지내고 있는지 확인하기 시작했다. 선생님은 매주 두세 마리의 페럿을 병원에 데려왔다. 그 아이들의 현재 상황을 정리하고 종합 검진을 진행해서 앞으로의 관리 방향을 새롭게 설정하기로 했다.

종합 검진은 생각보다 시간이 오래 걸리는 작업이었다. 혈액 검사, 방사선 검사, 초음피 검사, 소변 김사 등으로 페럿의 건강 상태를 확인했는데, 한 마리를 진료하는 데만 한 시간이 넘는 시간이 걸렸다. 이렇게 진료한 유기 페럿이 30마리 정도였다. 쉽지 않은 작업이었지만, 덕분에 진료와 관련된 데이터가 쌓여 페럿을 위한 진료 과정을 어느 정도 구체화할 수 있었다.

진료를 진행하던 와중 선생님과 페럿의 인연에 대해서 들을 수 있는 기회가 있었다. 그분은 오래전에 따님이 키우던 루나라는 이름의 페럿을 잠시 돌보게 되었다. 처음에는 아무 생각 없었지만 호기심 많고 활동적인 루나의 모습에 점점 정이 들어 서로를 의지할 정도로 가까운 사이가 되었다. 하지만 행복했던 시간도 잠시, 선생님의 순간적인 부주의로 루나가 세상을 떠나게 되었고 이로 인한 죄책감에 오랫동안 힘들게 지내셨다고 한다.

이제 그분은 페럿을 키우는 분들에게 올바른 정보를 전달하려고 애쓰고, 유기 페럿의 구조와 재입양에 앞장서고 계신다. 본인이 힘들었던 시기에 아무런 대가 없이 자신을 위로해주던 페럿을 위해 움직이기로 마음먹으셨다는데, 슬픔을 훌륭하게 승화하신 태도가 존경스럽다.

유기된 페럿들은 크게 두 가지 부류로 나눌 수 있다. 어리고 건강한 개체와 나이 들고 질병에 걸려 있는 개체이다. 예상하건데 첫 번째 경우는 좁은 곳도 쉽게 비집고 들어갈 수 있는 페럿의 특징으로 인해 보호자의 손에서 빠져나온 것으로 보인다. 페럿을 키울 준비가 되지 않은 상태에서 무턱대고 분양받았다가 버려졌을 가능성도 높다. 이런 경우에는 홍보를 통해 주인을 찾아주기도 수월하고, 재입양률도 높은 편이다.

문제는 두 번째 상황이다. 나이가 있고 질병에 걸린

아이들은 그 이유로 버림받았을 것이다. 이 아이들은 원래 보호자를 찾을 수도 없고, 재입양도 어렵기 때문에 다락방에서 장기간 지내게 된다. 선생님이 이런 아이들 하나하나를 자식처럼 보살피다가 지금의 페럿의 꿈꾸는 다락방이 된 것이다.

질병에 걸린 페럿들은 대부분 지속적인 관리가 필요하고, 수술이 필요한 경우도 많다. 여러 유기 페럿의 수술을 진행했는데, 그중 미자라는 아이가 떠오른다.

미사리 지역에서 구조된 미자는 네 살 정도로 추정되는 암컷이었다. 앞서 잠시 언급했듯 페럿은 부신에 문제가 생기는 경우가 많다. 미자도 종합 검진을 진행해보니 부신에 문제가 있어 치료가 필요한 상황이었다. 부신기능항진증이라는, 부신에서 호르몬이 과도하게 분비되어 문제가 생기는 병이었다.

부신은 신장 옆에 있는 기관으로 신장이 두 개가 있듯 부신도 좌우 양측에 있다. 만약 좌측 부신에 문제가 생겨 부신이 비대해진다면 좌측 부신을 완전히 적출해내는 방식으로 치료를 진행한다. 우측 부신에 문제가 생기면 치료가 조금 더 까다로워지는데, 페럿의 신체 구조상 완전히 적출하기 어렵기 때문이다.

다행히도 미자는 우측 부신은 정상이었고 좌측 부신만 문제였기 때문에 적출 수술을 진행할 수 있었다. 그러나 갓 구조되었을 때는 거리 생활이 힘에 부쳤는지 저체중이라 수술을 할 수 있을 만한 상태가 아니었다. 두 달이 지나서야 수술을 버틸 수 있을 정도로 컨디션이 좋아졌다.

수술 날, 여느 때와 마찬가지로 수액을 공급하고 호흡 마취기를 연결한 뒤 수술대에 미자가 올라왔다. 복강을 열어 좌측 부신을 찾는데 좀처럼 찾을 수가 없었다. 부신 수술은 한 달에 두세 건 진행할 정도로 자주 하는데, 그날만큼은 부신을 찾는 데만 시간이 평소보다 더 걸렸다. 일반적으로 좌측 부신은 좌측 신장과 대동맥 사이에 위치해 있고, 대동맥과 2mm 정도 떨어져 있다. 그런데 미자의 경우 부신이 지방에 파묻혀 대동맥에 굉장히 가깝게 붙어 있었다. 대동맥에서 1mm도 채 떨어져 있지 않은 안쪽 깊숙한 곳이었다.

최대한 좌측 부신을 노출시켜 수술을 진행하려고

해봤지만 부신을 완전히 제거하기에는 너무 위험한 상황이었다. 결국 수술을 중단하고 잠시 대기실에서 기다리시는 선생님께 갔다. 내가 수술 중에 나오자 선생님은 굉장히 안절부절못하셨다. 상황을 설명하고 적출을 하지 않는 방향으로 말씀을 드렸고, 이야기를 들은 선생님도 이내 동의하셨다. 수술대로 돌아온 나는 미자에게 조금이라도 도움이 되기를 바라며 부신으로 들어가고 나가는 혈관들을 결찰*한 후 수술을 마쳤다.

수술이 끝나고 설명을 위해 진료실로 선생님을 불렀다. 선생님은 진료실로 들어오기 전부터 눈물을 흘리고 있었는지 제대로 걷지도 못하면서도, 황급히 미자의 상태에 대해서 물어오셨다. 부신을 적출하진 못했어도 혈관을 결찰했기 때문에 어느 정도 수술 효과가 있을 거라고 생각하던 차에 너무 힘들어하시는 모습을 보니 어쩔 줄을 몰랐다. 수술이 잘 마무리되었고 약을 지속적으로 먹고 관리한다면 충분히 잘 지낼 수 있을 거라고, 미자는 곧 깨어날 거라고 말씀드리자 그

* 혈관을 묶어 피가 흐르지 않도록 하는 조치.

때야 진정하셔서 이야기를 나눌 수 있었다.

대기실에서는 창 두 개 너머로 수술실이 어렴풋이 보인다. 그 창들을 통해 계속 수술 상황을 지켜보던 선생님은 고개를 떨구고 머리를 만지는 내 모습을 보고는 뭔가 잘못된 듯한 분위기를 느끼신 모양이었다. 미자가 깨어나지 못했다는 최악의 가정까지 하셨다고 한다. 해명하자면 나는 좌측 부신을 적출하지 못한 데 낙심해서 그렇게 행동했던 것 같다. 그 전에는 좌측 부신을 적출하지 못한 적이 없었기 때문이다. 그런데 그 행동이 너무 큰 오해를 불러일으켰고, 선생님은 하늘이 무너지고 심장이 멈춘 것 같았다는 것이다.

수의사의 행동 하나하나가 보호자에게 얼마나 크게 받아들여질 수 있는지 그제야 깨달았다. 보호자를 안심시키기 위해서는 우선 수의사부터 침착해야 한다는 점을 깊게 가슴에 새겼다. 또한 선생님께서 다락방 아이들을 얼마나 사랑하고 아끼는지도 느낄 수 있었다.

유기 페럿을 돌보기 시작한 지도 7년이 지났다. 선생님과의 인연도 그만큼 오래되었다. 여전히 에너지 넘치는 선생님을 만날 때마다 동물을 대하는 내 마음

가짐을 되돌아보게 된다. 오늘도 나는 유기 동물을 돌보는, 동물을 위해 움직이는 선한 사람들을 통해 배워 나간다.

미자는 아직 내과 치료도 하지 않은 상태로 잘 지내고 있다.

수족관에도
수의사는
필요하다

동물병원을 운영하면서 동물원에 있을 때보다 특수 동물을 더 많이 진료할 수 있었다. 병원에서 여러 반려동물들을 만나는 것은 큰 기쁨이었지만, 그럼에도 가끔 동물원 동물들이 그리울 때가 있었다. 야생동물들도 진료하고 싶다는 갈증이 들던 차에 진료 문의를 받았다.

모든 동물원이나 동물 관련 시설에 수의사가 상주하고 있는 것은 아니다. 자문과 진료를 할 외부 수의 인력이 필요한 생태 공원이나 동물원들이 있었고, 그런 곳들에서 자문을 부탁받았다. 나는 다시금 동물원에 진료를 나가게 되었다.

　그중 나를 가장 설레게 했던 곳이 아쿠아리움이었다. 이전에 근무했던 동물원에는 해양 포유류를 제외한 수생 동물이 없었다. 그게 참 아쉬웠는데 아쿠아리움에서 새로운 동물들을 만날 수 있다는 기쁨에 바로 진료 제안을 수락했다.

　동물원이나 아쿠아리움은 많은 개체가 함께 생활하는 곳이다. 그런 사육 환경에 놓인 동물을 진료할 때는, 인간과 함께 사는 반려동물이나 자연 환경에서 생활하는 야생동물을 진료하는 것과는 접근 방식이 달라야 한다. 군집 관리에 대한 전문성이 필요하기 때문이다. 게다가 한국에는 수생 동물을 전문적으로 진료하는 수의사가 드물다. 그래서 동물원 임상 경험이 있는 내게 연락이 왔던 것이다.

동물원에서 근무할 때 도쿄에 있는 아쿠아리움에 방문한 적이 있다. 지상에서 지하로 내려가는 구조는 바다로 들어가는 느낌을 주었다. 동물원의 넓은 입구와 땅 위에 펼쳐진 구조에 익숙했던 나에겐 안으로 내려가는 좁은 입구부터가 새로웠다. 내려가면서 점점 펼쳐지는 바닷속 세상은 신비한 세상을 탐험하는 듯한 착각을 불러일으켰다. 수많은 다랑어가 유영하는 대형 수조 앞에 서자 모든 것을 잊고 멍하니 쳐다볼 수밖에 없었다. 수조 앞에는 마치 극장처럼 계단을 따라 의자가 놓여 있었다. 여행에 지친 상태에서 음악을 들으며 여유롭게 유영하는 물고기들의 모습을 보고 있자니 마음이 진정되었다. 지상에서 볼 수 없는 그들의 세계를 훔쳐보는 듯한 짜릿함을 느꼈다. 나만 이런 경험을 한 것은 아닐 것이다. 아쿠아리움에 방문했던 모든 사람들이 그 분위기에 취한 듯했다.

땅을 밟고 생활하는 우리는 우리가 볼 수 있는 것들에 집중하지, 다른 세상에서 살아가는 생물에 대해서는 평소에 별로 신경을 쓰지 않는다. 우리가 눈에 담는 생물들은 대부분 땅 위에 있는 것들이고, 이따금 자유롭게 하늘을 나는 새를 바라볼 뿐이다. 하늘은 고개를 들어 쳐다볼 수라도 있지만 바다 밑은 스쿠버 장비를 착용해도 제한적으로만 볼 수 있다. 바다는 그래서 우리에게 미지의 세계이고, 우리는 평소에 바닷속 세상에 큰 관심을 두지 않고 살아간다.(아마 식재료로 볼 때나 바다 생물에 신경 쓸 것이다.) 그렇지만 그렇게 우리와 유리된 세계이기에 물속 세상을 엿볼 때 일어나는 전율은 더 크다. 온몸을 감싸는 수압을 느끼며 살아가는 생물들의 삶은 어떨까?

한 달에 한 번 왕진을 위해 아쿠아리움을 방문한다. 그날에는 아침부터 설렌다. 매일 반복되는 지친 일상을 위로받는 시간이기도 하다. 아쿠아리움에 도착하면 담당 아쿠아리스트와 함께 입구에서부터 회진을 시작한다. 아쿠아리스트와 함께 천천히 걸어가며 동물에 대한 이야기를 주고받는다. 전시장 앞에서 동물들을 가리키며 문제가 있는 부분을 의논하고 때로는 사육 시설 안에 들어가서 동물을 관찰하고 치료한다. 진료 대상은 아쿠아리움에 있는 모든 동물들이다. 수달이나 비버, 펭귄은 물론 상어나 가오리를 포함한 어류도 물론 검진 대상이다.

아직 수생 동물에 대한 지식과 경험이 충분하지 않기 때문에 바로 답이 나오지 않는 문제들도 있다. 아쿠

수족관에도 수의사는 필요하다

아리스트와 상담한 내용들은 메모를 해두고, 그 내용을 바탕으로 자료를 조사하고 외국에 있는 수족관에 자문을 구한다. 그러고 있으면 시간 가는 줄 모르고 늦게까지 조사하게 된다. 즐겁게 정리한 내용은 아쿠아리스들과 공유한다. 해가 거듭될수록 아쿠아리스트들과 신뢰가 쌓이고 있다. 그분들에게서 미처 몰랐던 수생 동물 이야기를 들을 때면 너무 새롭고 재미있어서 질문을 멈출 수가 없다.

수족관의 환경에 대한 지식이 하나하나 늘면서 수생 생물들이 육지 동물들과 사는 환경은 다르지만 그 삶은 크게 다르지 않다는 사실을 점차 깨달았다. 물속에서도 각 개체들은 사회적 관계를 맺으면서 서로 갈등하고, 먹이를 차지하기 위해 위험을 감수하고 다른 종과 다툰다. 모든 동물들에게서 볼 수 있는 모습이다. 살아가는 방식과 생존 방법은 종마다 다르지만 다들 각자의 위치에 충실히 살아가고 있고, 힘들게 자신의 삶을 영위해간다. 조용하고 평화롭게만 느껴지는 물속 세계에도 치열한 노력과 희로애락이 존재하는 것이다.

우리가 잘 알고 있는 공격성이 강한 육식성 어류 피

라냐는 자신들이 사는 수조에 새로운 물고기가 들어오면 먹이로 생각해서 잡아먹지만 이미 다른 물고기가 살고 있는 수조에 들어가면 겁을 먹고 숨기에 바쁘다. 소리를 예민하게 감지하는 얼룩매가오리는 먹이를 급여할 때 특정 소리를 반복해 들려주면 소리만 나도 먹이를 받아먹으려 한다. 목탁수구리는 호기심이 많아 아쿠아리스트가 수조에 들어가면 계속 쫓아 다니며 방해를 하고, 잠시 한눈이라도 팔면 아쿠아리스트를 물어서 끌고 가려고 하는 경우도 흔하다.

내가 방문하는 수족관의 대장은 모래뱀상어라는 대형종 상어인데 메인 수조에서 가장 평화롭게 살아간다. 그 어떤 종도 모래뱀상어를 건드리거나 귀찮게 하지 않는다. 막강한 모래뱀상어의 존재 때문인지 메인 수조에서는 다른 생물들의 경쟁이나 투쟁이 잘 관찰되지 않는다. 간혹 모래뱀상어가 식사 시간에 주변에 얼쩡거리는 까치상어나 제브라상어 같은 소형 상어를 혼내줄 뿐이다. 간혹 관람객이 모래뱀상어의 짝짓기를 싸움으로 오해하고 문의하기도 한다. 모래뱀 상어는 짝짓기를 할 때 서로 지느러미를 물고 뜯기 때문이다.

수생 동물이 사는 환경은 어찌 보면 육상 동물이 살아가는 환경보다 더욱 복잡하고 제한적이다. 수조만이 동물들의 활동 구역이며, 종마다 필요로 하는 환경이 극과 극으로 다르기 때문이다. 그래서 수질 관리를 위해 많은 설비가 필요하다.

수족관에서는 유기물을 정화하고 온도, 염도, 산소 농도 등을 조절하는 LSS Life Support System 기술을 이용해서 수조의 환경을 종에 맞춘다. 이렇듯 생물들을 위해 환경을 조절하려고 애쓰지만, 아무래도 시설에 한계가 있다. 치료나 번식 등의 이유로 별도의 격리 공간이 필요할 때도 공간을 마련하기가 까다롭다. 수족관 동물들의 복지 향상을 고민할 때마다 이 한계가 조금 크게 다가온다.

동물원에서는 요즘 동물 복지와 관련되어 여러 이슈들이 논의되고 있다. 아쿠아리움도 이러한 복지 이슈에서 자유롭지 못하다. 수생 동물들의 삶과 환경에 대한 연구가 활발히 이루어져 수생 동물의 권리를 체계적으로 보장해 나갔으면 좋겠다.

수생 동물 수의사로서 경험을 쌓아가는 것은 너무

나도 신나는 일이다. 국내에 관련된 전문가가 부족하기에 더더욱 그렇다. 막 동물원 수의사가 되어 밤낮없이 동물들을 관찰하고 자료를 찾던 때가 떠오른다. 수생 동물에 대한 지식까지 쌓으면 아마 국내에서 만날 수 있는 대부분의 동물군을 진료할 수 있게 될 것이다. 진료하고 상담하는 분야가 넓어지는 것은 꽤나 머리 아프지만 동시에 도전 의식을 불러일으킨다.

　나는 오늘도 책을 펼치고 자료를 조사한다. 이것은 수의사로서의 내 욕심이다. 동물은 지금도 내 세상을 넓혀주고 있다.

환자의
수술을
결정하는 일

수술은 늘 긴장되기 마련이다. 경험이 늘고 실력을 쌓아도 수술 테이블에 앉을 때면 매번 어김없이 조심스러워진다. 흔히 하는 중성화 수술조차 마취를 하고 나면 긴장이 뒤따른다. 마취 전에도 특별히 문제가 없는, 간단한 수술에서도 마찬가지다.

그런데 하물며 마취 전의 상태가 좋지 않은 케이스는 어떻겠는가. 수술 성공에 확신이 서지 않을 때, 또는 테이블 데스, 그러니까 수술 중에 사망할 가능성이 있을 때 결정을 내리는 일은 정말로 쉽지 않다. 수술을 결정하는 내 판단을 신뢰할 수 있는지 계속 고민하게 된다. 그러나 수술을 대체할 치료 방법이 없으면 어쩔 수 없다. 사망 가능성을 염두에 두고, 보호자에게 이야기한 뒤에 수술을 진행한다.

세 살이 된 페럿이 급히 병원에 방문했다. 조금만 먹어도 구토를 하고 갑자기 활력이 떨어졌다고 했다. 증상으로 보아 장이 막힌 것으로 의심되었다. 급히 수액을 처치하고 혈액 검사와 조영 촬영*을 실시했다. 검사 결과 소장에서 이물 때문에 조영제가 더 이상 내려가지 않고 있는 것이 확인되었다. 탈수가 심각하고 염증 수치도 높아져 소장 부위의 조직이 이미 심각하게 손상되었을 가능성이 높았다.

마취하는 것 자체가 위험한 상황이었지만, 수술을 하지 않으면 몇 시간도 버티지 못할 것으로 보였다. 결국 보호자에게는 수술이 최선의 방법이라고 말씀드렸다.

---

* 조영제를 먹이고 시간대별로 방사선 촬영을 진행해 약이 장을 따라 내려가는 모습을 확인하는 검사 방법.

보호자의 동의를 받아 수술을 시작했다. 복부를 열어보자, 이미 조직이 괴사해 장 내용물이 누출되고 있었고 염증이 굉장히 심각했다. 곧바로 복강을 세척하고 괴사한 장 부위를 잘라낸 뒤 끊어진 장을 이어 붙였다. 이제 절개 부위를 다시 봉합하고 수술을 마무리하는 일만 남았다.

그 순간 아이의 심장이 멈추었다.

우선 절개했던 부위를 봉합했다. 그러나 선뜻 수술실을 나가 움직이지 않는 아이를 보호자에게 인계할 수는 없었다. 보호자에게 뭐라고 말씀드려야 할까. 수술실을 나가기까지 큰 각오가 필요했다.

사망 사실을 알리는 것은 매우 어려운 일이었다. 사망 가능성을 고지하고 동의를 받은 뒤에 수술을 진행했지만, 각오했다고 해서 죽음을 받아들이는 일이 쉬워지진 않는다. 보호자에게도 수의사에게도 수술 중 사망은 감당하기 힘든 일이다.

하지만 때로는 가망이 없어 보이는 상황에 기적이 일어나기도 한다. 기억에 남는 페럿과 보호자가 있다. 조

환자의 수술을 결정하는 일

로는 여덟 살이 된 페럿이었다. 확장성심근증*과 우측 뒷다리에 골종양**이 있는 것으로 의심되는 환자였다. 골조직이 융해되면서 뼈도 약해지고 있어 지속적으로 약을 먹여 관리하고 있었다.

그러던 어느 날 갑자기 조로의 움직임이 현저히 떨어지고 밥을 먹지 않는다고, 천안에서 급히 올라오고 있다는 보호자의 전화를 받았다. 폐수종***으로 내원한 적이 있었기 때문에 폐수종이 재발한 것이라고 생각했다. 그러나 방사선 사진을 찍어보니 폐는 괜찮았는데, 배 쪽이 문제였다. 복수****가 있는 것 같았다. 서둘러 혈액 검사와 초음파 검사를 진행해보니 비장에 있던 종괴가 파열되어 출혈이 일어나고 있었다. 심각한 빈혈과 염증 반응, 탈수로 인한 급성 신부전도 발생했다. 살아 있는 게 도리어 신기한 상태였다.

"드리기 어려운 말씀이지만, 상태가 정말 좋지 않습니다. 이 상태에서는 수술이 최선이지만 수술의 성공

* 심장 근육에 이상이 생기는 병. 심장 기능이 저하되고 심장이 확장한다.
** 뼈에 발생하는 종양.
*** 폐에 체액이 차서 호흡이 곤란해진 상태.
**** 복강에 체액이 고인 상태.

은 보장할 수 없습니다. 안타깝지만 고통을 줄여주기 위해 안락사를 진행하는 것도 생각해보셔야 합니다."

보호자에게 상황을 설명하며 안락사까지 언급했다. 도저히 수술로 회복할 수 없는 상태라고 판단했기 때문이다. 다리에 있는 골종양이 악성일 가능성이 높아서, 회복한다고 해도 오래 버티지 못할 것으로 보였다. 보호자는 한참을 눈물을 흘리며 고민했다. 이윽고 확신에 찬 눈빛으로 대답을 꺼냈다.

"수술을 부탁드려요. 조로를 위해서 할 수 있는 길 모두 해보고 싶습니다. 섣불리 안락사를 진행해서 나중에 후회하고 싶지 않아요. 조금의 희망이라도 있다면 거기에 걸어보고 싶어요."

그렇게까지 성공을 확신하지 못하고 수술에 들어간 게 그때가 처음이었던 것 같다.

1분 1초가 위험한 상황이었기 때문에 보호자의 동의를 얻자마자 바로 수술을 시작했다. 예상했듯이 복강은 혈액으로 가득했다. 추가적인 출혈을 막기 위해 우선 비장으로 들어가는 혈관을 모두 묶어 혈액이 흐르지 못하게 만들었다. 이후 비장을 적출하고 복강을 세척한 뒤 수술을 끝냈다. 다행히도 조로는 수술을 마무리할 때까지 잘 버텨주었다.

밤새 조로를 돌보며 상태를 확인했다. 조로는 새벽 4시에 스스로 밥을 먹었다. 이 모습을 확인했을 때 나는 만세를 외칠 정도로 기뻐서 어쩔 줄을 몰랐다. 조로는 다음 날 저녁에 퇴원할 수 있었다.

그 후 조로는 잘 지내는 듯했다. 그러나 한 달이 채 지나지 않아 골종양이 의심됐던 우측 다리가 부러져 다시 방문했다. 종양에 의한 골절이기 때문에 회복은 불가능했고, 선택지는 절단뿐이었다. 또한 파열됐던 비장은 조직 검사 결과 악성 종양으로 확인되었다. 추가적인 수술이 부담되는 상황이었다. 이번에도 보호자는 강한 의지로 수술을 결정했다.

많은 부위를 종양이 뒤덮고 있었기 때문에 조로는 우측 뒷다리 전체를 절단하게 되었다. 조로는 이번에도 빠르게 회복했다. 오전에 수술을 했고, 오후부터 식욕을 보이며 활력을 되찾아서 입원하지 않고 저녁에 집에 돌아갈 수 있었다. 그후 조로는 두 달 동안 보호자와 지내며 편안히 마지막 시간을 보내다가 결국 종양이 번져 생을 마감했다.

조로를 지켜보며 불가능이란 없다는 말이 떠올랐다. 간절히 바란다면 기적도 일어날 수 있다는 생각이 들었다. 그 보호자는 조로를 보내고 나서, 정말 후회 없이 작별할 수 있었다고, 두 번의 수술 모두 조로가 이겨낼 수 있을 거라고 믿었다고 이야기했다. 수술 후 조로가 살아간 시간이 길었다고는 할 수 없지만, 그 짧은 몇 개월조차 기적이었다.

하지만 수의사가 늘 기적이 일어나기만을 바라며 수술 여부를 결정할 수는 없다. 비슷한 상황이 또 발생한다면 나는 다시 고민할 것이다. 안락사를 권할 것인가, 수술을 강행할 것인가? 아이는 힘든 수술을 버틸 수 있을까?

생명의 마지막 순간을 결정할 수 있는 권리는 그 누구에게도 없다. 그게 보호자든 수의사든 말이다. 수의사는 객관적인 사실로 동물의 상태를 판단하고 보호자에게 어떻게 하는 쪽이 동물에게 더 나을지 설명할 뿐이다. 그리고 조금이라도 희망이 있다면 그 가능성을

환자의 수술을 결정하는 일

최대한 높이는 것이 수의사의 일이다. 나는 그날 보호자의 판단을 존중했고 맡은 바 책임을 다했다.

결국 삶의 마지막 순간, 마지막 모습을 결정한 것은 조로의 의지였을 것이다.

오복이의 마지막 시간

"안락사를 진행해주세요. 해주지 않으면 돌아가는 길에 이 아이를 버릴 거예요."

2017년 7월 무더운 여름날, 마른 체형의 말티즈 한 마리가 진료실로 들어왔다. 불안해하며 보호자 품에 안겨 있는 열세 살의 노견은 눈으로 봐도 건강 상태가 좋지 않았다. 질병에 대한 상담을 이어가던 중 갑자기 보호자가 검사보다는 안락사를 원한다는 이야기를 꺼냈다. 더 이상 이 아이를 돌볼 여유가 없다면서 무조건 안락사를 요구했다. 개는 아직 식욕도 있고 활력이 넘치는 상태였는데, 아무런 검사도 진행하지 않은 상태에서 바로 안락사라니? 어떤 이유로 10년 이상을 함께 보낸 생명을 보내겠다는 것일까?

조금 더 이야기를 나누어보니 이 보호자는 안락사를 위해 타 지역에 있는 우리 병원에 방문한 것이 분명해 보였다. 안락사를 거부하자 오늘 여기서 안락사를 해줄 때까지 병원에서 나가지 않겠다고 떼쓰는 것이다. 나는 놀라서 현재 이 아이는 수의학적인 관점에서 안락사 요건에 충족되지 않기 때문에 안락사를 진행할 수 없다고 강경하게 말했다. 그러나 아무리 논리적으로 설명해도 소용이 없었다. 보호자는 뻐꾸기처럼 안락사 요구만 반복했고, 마지막에는 안락사를 안 시켜주면 집에 가는 길에 버리겠다고 협박 아닌 협박까지 하는 것이었다.

상담이 길어지면서 다른 진료도 진행하지 못하자, 내 마음도 지쳐갔다. 결국 나는 그냥 아이를 병원에 맡기고 소유권을 포기하라고 말씀드렸다. 우선 현재 문제가 있는 부분을 치료하고 분양처를 알아보려는 마음으로 보호자 같지 않은 보호자에게 동의서를 받았다.

보호자가 떠난 후 홀로 있는 아이의 모습은 더욱 쓸쓸해 보였다. 자신이 처한 상황을 전혀 모르는 듯 연신 꼬리를 흔들며 대기실을 오가며 노는 모습에 병원 직원들 모두가 가여워했다.

우선 기본적인 검사를 진행했다. 자세히 보니 상태가 정말로 나빴다. 이미 치아는 하나도 남아 있지 않았고 양측 안구는 백내장으로 시력이 없는 상태였으며 복부에는 커다란 유선 종양*을 여러 개 매달고 있었다. 초음파 검사를 해보자 배 안에도 난소와 주위 조직에 종양이 여럿 있는 것이 확인이 되었다. 초음파로 심장을 확인해보니 심장의 이첨판**에 문제가 생겨 심장이 비대해져 있었는데, 심장이 기관지를 압박하여 호흡 상태가 좋지 않았다.

어느 정도 치료를 하더라도 이 아이를 선뜻 입양할 사람을 찾기는 쉽지 않아 보였다. 혹시 다른 병원에서 여러 가지 질병에 대해 전해 듣고 치료하기가 어려워 안락사를 요구했던 것일까? 하지만 아무리 회복할 수

---

*   유선에 발생하는 종양.

**   심장의 좌심방과 좌심실 사이에 있는 판.

없는 질병에 걸려 있다고 하더라도 활력이 넘치고 식욕이 양호한 환자를 안락사할 수는 없었다.

직원들과 함께 아이에게 새로운 이름을 지어주었다. 병원 이름의 '오'와 앞으로 복 많이 받으라는 의미에서 '복'을 조합해서 '오복이'라는 이름을 붙인 뒤 동물병원에서의 동거가 시작되었다.

나는 동물병원에서 동물을 기르는 것을 좋아하지 않는다. 우리 병원의 규모가 작은 탓도 있지만, 혹시라도 방문하는 다른 동물들과 불필요한 신경전이 벌어지면 곤란하기 때문이다. 병원에 오는 환자들에게 최대한 편안한 환경을 마련해주고 싶었다. 그래서 오복이는 지금까지 우리 병원에서 가족으로 머무른 유일무이한 동물이다.

치아도 없고 앞도 잘 보이지 않는 오복이는 배변, 배뇨를 잘 가리지 못하는 것을 제외하고는 생각보다 병원 생활에 잘 적응했다. 직원들이 안아들 때 편안히 안겨 있었고, 나쁜 관절 때문에 뒤뚱거리면서도 재롱을 피웠다. 직원들 모두 오복이를 사랑으로 돌봐주었고, 종종 집에 데려가서 함께 자고 병원에 데려오기를 반복했다.

"제가 오복이를 입양해서 집에서 키우고 싶어요."

한 달여의 동거 생활이 계속되던 중, 직원 한 명이 밤에 오복이가 혼자 있는 것이 너무 불쌍하다며 입양 의사를 내비쳤다. 나는 오복이의 현재 상태에 대해 설명을 하고 나서 응원을 건넸다.

"의학적인 부분은 병원에서 관리해줄 테니 남은 시간이라도 좋은 추억 남길 수 있게 잘 보살펴주세요."

이렇게 오복이는 우여곡절 끝에 새로운 주인을 만나 따뜻한 가정으로 입양되었다.

오복이는 새로운 보금자리에서 행복하게 지냈지만 문제는 예상보다 빨리 찾아왔다. 입양 후 두 달 정도가 지났을 때 백내장으로 인해 좌측 안구에 녹내장이 발생했고 어쩔 수 없이 좌측 안구를 적출해야만 했다. 어차피 시력을 잃었었기 때문에 이 편이 더 편할 거라고 보호자를 위로했지만 나 또한 한쪽 눈이 없어진 오복이의 모습이 안타까웠다.

이 수술이 시작이었을까, 석 달 뒤에 오복이의 유선

종양이 너무 커지고 염증이 심해졌다. 다시 한번 큰 수술을 진행했다. 이번에는 유선 조직 전체를 제거하고 난소 종양을 함께 적출했다. 그 큰 종양 덩어리를 달고 다니느라 얼마나 힘들었을까? 다행히 오복이는 수술 후 잘 회복했고, 더욱 행복해 보였다. 직원들 모두가 오복이를 아낌없이 정성을 다해 예뻐했다.

행복한 시간은 빠르게 흘러간다. 심장약을 먹으면서 잘 지냈던 오복이가 8개월 정도 후에 우측 앞다리를 사용하지 못해서 다시 병원에 방문했다. 방사선 검사 결과 우측 상완골*이 골절되어 있었다. 골밀도로 판단했을 때 충격이나 사고로 부러진 게 아니라, 뼈 자체에 문제가 생긴 것으로 보였다. 뼈에 이미 질환이 있어 많이 약해진 상태였던 것이다. 부러진 뼈를 다시 붙이는 것은 무리였다. 결국 절단을 결정했고, 이번 수술로 오복이는 우측 앞다리 전체를 잃어야만 했다.

한쪽 발을 잃은 오복이는 처음에는 제대로 일어서기도 힘들어했지만 일주일이 지나자 천천히 걷는 모습

---

* 어깨에서 팔꿈치까지 이어진 뼈.

을 보여주었다. 모두가 오복이의 놀라운 회복력에 감탄하며 앞으로도 건강하게 지내기를 기도했다. 한쪽 눈과 한쪽 다리를 잃었음에도 집에서는 예전처럼 잘 지낸다는 이야기를 들으니 오복이의 의지에 절로 응원하게 되었다.

수술 후 오복이의 예후가 걱정되어 골조직과 주위 림프절 조직 검사를 보냈다. 검사 결과는 썩 좋지 않았다. 림프절에서는 악성 기저세포암*이, 골조직에서는 골모세포골육종**이 확인되었는데, 이는 굉장히 예후가 좋지 않은 악성 종양이다. 오복이가 살 날은 얼마 남지 않았다.

조직 검사 결과가 이렇게 나빴음에도 불구하고 오복이는 잘 지냈다. 특유의 재밌는 울음으로 가족들을 웃게 해줬고, 어정쩡한 걸음걸이로도 잘 걸어다니며 사랑을 독차지했다. 하지만 점점 복부가 불어나는 것이 느껴졌다. 초음파 검사를 해보면 복강*** 내에 여럿 있

---

*   피부의 최하층인 기저층에 발생하는 암.

**   뼈에 발생하는 암.

*** 복막에 둘러싸인 배 안의 빈 공간.

오복이의 마지막 시간

는 종양 조직들이 계속해서 커지고 있었다. 이제 해줄 수 있는 것은 간호밖에는 없었다. 그저 삶의 질을 유지할 수 있도록 약을 먹이고 잘 관리해주는 것이 다였다.

2019년 1월 10일, 오복이가 마지막으로 병원을 찾았다. 오복이는 이제 근육이 거의 사라졌다. 배가 딱딱해지고 커져 제대로 서 있기도 힘들어했고, 남아 있던 우측 안구까지 파열되어 통증을 호소하고 있었다.

이제 더 이상의 수술과 치료는 무의미해 보였다. 오복이를 데려갔던 직원과 가족분들에게 조심스럽게 안락사를 권했다. 아프지 않게 보내주는 것이 어쩌면 우리가 오복이한테 마지막으로 해줄 수 있는 선물일 거라고.

그렇게 어두운 조명 아래 오복이는 가족들의 품안에서 조용히 눈을 감았다.

오복이를 옆에서 지켜보며 많은 생각을 했다. 처음부터 건강 관리를 잘했다면 그렇게 이른 시기에 모든 치아를 잃지 않을 수 있었고, 복강과 유선 종양을 초기에 막을 수도 있었을 것이다. 오복이의 성격과 생명력으로 봤을 때 20살도 너끈히 살 수 있었을 텐데, 여러 질병을 안고 첫 번째 주인에게 버려졌다. 이후 그 질병들을 치료하기 위해 힘든 시간을 보냈다.

다행인 점은 마지막에 진짜 가족을 만나 그동안 받지 못했던 사랑을 듬뿍 받고 애교도 부리면서 지낼 수 있었다는 것이다. 오복이는 새로 생긴 가족과 지내며 받은 행복 에너지로 그 큰 수술들을 세 번이나 견딜 수 있었던 게 아닐까 생각해본다.

2017년 7월 안락사를 위해 우리 병원에 찾아왔던 오복이는, 2019년 1월 열네 살의 나이로 진정한 가족들 곁에서 편안히 떠났다.

다친 새의
보호소가 되다

언제부터인가 길에서 구조한 새들에 대한 치료 문의가
늘었다. 앵무새 진료를 많이 하고 있기 때문인 듯하다.
구조한 새를 데리고 다른 동물병원에 방문했다가 우리
동물병원을 추천받기도 하는 모양이다. 때로는 전화
도 없이 다친 새들을 데리고 찾아오는 분들도 있다. 안
타까운 마음에 다친 새를 구조해 동물병원에 연락하고
멀리서 여기까지 찾아오는 분들의 따뜻한 마음은 충분
히 이해한다.

다친 새들을 이렇게 동물병원에 데려오는 이유는

새들을 구조해서 치료해줄 기관이 부족하기 때문이다. 새매나 황조롱이 같은 천연기념물이나 멸종위기 야생동물의 경우에는 야생동물 구조센터에서 관리를 하기도 하고, 다친 동물을 인계받은 동물병원에서 치료를 진행한 뒤에 문화재청에서 치료비의 일부를 지원받는다. 하지만 이조차도 일손이 부족하다. 하물며 비둘기나 참새처럼 우리 주변에서 쉽게 관찰할 수 있는 새들은 어떻겠는가. 이런 새들에게는 더욱 치료의 손길이 닿기 어렵다.

종종 구조한 새를 병원에 데려오는 것만으로 본인의 소임을 다했다고 생각하시는 분들을 만난다. 병원에서 나머지 일들을 모두 알아서 해주겠거니 하고 동물을 맡겨놓고 떠나간다. 경험이 적었던 처음에는 그냥 두고 가시라고 한 적도 여러 번이었다. 하지만 내 병원은 작고, 여유 공간이 많지 않다. 구조된 새를 제대로 관리하려면 많은 노력과 시간이 필요했고, 이런 일들이 계속해서 반복되다 보니 지쳐버렸다. 가여운 마음만으로 다친 새들을 치료하기가 여간 힘든 일이 아니게 되었다.

개인 동물병원은 국가에서 운영하는 구조센터가 아니다. 엄연히 말하자면 영리를 목적으로 운영되는 상업 시설이다. 그렇기에 다친 야생동물을 돌보는 일은 호의로 진행하는 봉사의 영역이지, 당연히 해야 할 일에 포함되어 있지 않다. 그런데 그걸 당연하게 여기는 분들이 있는 것 같아 씁쓸해진다. 각자의 직업을 존중하고 전문성을 인정하는 사회가 되길 바란다.

물론 구조해온 동물에 대한 진료비를 부담하겠다는 책임감 넘치는 분들도 많이 있다. 이런 경우 적절한 검사를 통해 상태를 판단하고 구조해온 분과 함께 치료 방향을 의논한다. 대부분의 경우 약물을 투여한 뒤에 그 새를 돌볼 방법을 교육해서, 구조하신 분이 직접 관리하도록 하고 있다. 또한 이렇게 적극적이고 책임감 있는 모습을 보여주는 분들에게는 최소한의 비용만을 청구하고 관리를 부탁드린다.

날개가 부러진 비둘기가 병원에 온 적이 있다. 구조해오신 분은 날개가 다 나을 때까지만이라도 비둘기를 치료하기를 원했다. 이분은 집에서 비둘기를 돌보며 2주에 한 번씩 내원하셨다. 날개가 회복되고 활력을 되

다친 새의 보호소가 되다

찾을 때까지 보호를 계속하다가 방사했다. 그분은, 처음에는 불쌍해서 병원에 데려오고 보살폈는데 나중에는 정이 들어서 날려 보내는 것도 속상하다고 아쉬워하며 비둘기를 보냈다. 이렇게 다친 새들을 책임감 있게 보살피는 분들을 만날 때마다 늘 감사한 마음이 든다.

정말 심각한 상태인 새들의 경우에는 입원시켜 병원에서 보살핀다. 수술이 필요하거나 회복이 불확실한 경우 하루 이틀 정도 치료를 진행하면서 지켜본다. 때로는 안락사를 진행해야 하고, 상태가 양호해진 경우에는 구조해온 분께 연락해 관리를 부탁한다. 때에 따라서는 병원에서 계속 관리하기도 하는데 이 경우에는 병원 뒤쪽 공간을 활용한다.

병원 뒷문으로 나가면 바로 앞에 꽤 넓은 화단이 있다. 5층 높이의 건물이 이 화단을 네모나게 둘러싸고 있다. 길고양이 같은 외부 동물들이 절대 들어올 수 없는 안전한 곳이다. 그래서 온화한 계절에는 구조된 새들이 완전히 회복할 때까지 이곳에 방사해서 보살피기도 한다. 완전히 회복한 새는 알아서 건물 위쪽으로 날아가버리기도 한다.

병원에 오는 야생조류는 대부분 골절 같은 외상을 입었거나, 건물 유리와 충돌해서 정신을 잃었거나, 아니면 아직 비행을 제대로 하지 못할 정도로 어리다. 그중 가장 나쁜 상황은 단연 충격을 받아 쓰러진 새들이다. 이 충격은 대부분 유리창 충돌로 발생한다.

새들은 유리창에 반사되는 풍경을 보이는 그대로 인지한다. 반사된 모습이라는 것을 모르고 그대로 날아가다가 유리와 충돌하는 것이다. 새들의 비행 속도는 꽤 빨라서, 그 충격은 어마어마하다. 전력으로 유리창과 머리를 부딪친 새는 뇌나 경추가 손상된다.

이런 경우 진단하기가 어렵다. 대부분의 경우에는 외상의 흔적도 없고, 사지에도 별다른 점이 보이지 않는다. 경추 골격의 배열이 틀어져서 방사선 사진을 찍었을 때 바로 문제가 드러나는 경우도 있지만, 이런 변화가 보이지 않는 개체들도 많다. 조류의 영양 상태를 판단하는 기준인 가슴근육도 적절히 붙어 있으면 더 미궁에 빠진다. 분명 신경계에 문제가 생겨 괴로워하고 있지만 진단을 하면 외적으로 이상이 없다.

이런 경우에는 구조자에게 설명하는 태도가 단호

다친 새의 보호소가 되다

해진다. 비행 중에 발생한 충돌로 신경계에 문제가 생긴 것으로 의심되는데, 적극적으로 처치하더라도 대부분 상태가 악화된다고. 이때 제시하는 옵션은 두 가지다. 첫 번째는 약물을 처방한 뒤에 구조자가 집에서 며칠 동안 돌보면서 상태를 지켜보는 것이고, 두 번째 선택지는 안타깝지만 안락사이다. 생각보다 많은 사람들이 첫 번째 방법을 선택한다. 구조자가 교육을 받고 집에서 새를 정성껏 보살피더라도, 대부분의 경우 일주일을 버티지 못하고 떠난다.

부상으로 구조된 야생 조류만 우리 병원을 찾는 게 아니다. 유기견, 유기묘, 유기 페럿도 병원을 찾는다. 거리에서 구조되어 병원을 찾는 동물들을 볼 때마다 이 동물들에게 어떤 도움을 줄 수 있을지 늘 고민을 하게된다. 병원에 공간이 충분하고 시간적인 여유가 있다면, 또한 동물을 구조해 데려오신 분께서 책임감을 보여준다면 얼마든지 치료해주고 싶다. 그러나 현실은 다르다. 그 어떤 것도 여유롭지 못하다.

　하루라도 빨리 구조 동물을 돕기 위한 사회 시스템

이 제대로 마련되어야 한다. 우리 주위에 있는, 사람의 도움이 필요한 야생동물에 관심을 가져야 한다. 대부분의 동물들이 사람이 만들어 놓은 구조물 때문에 피해를 입고 있지만 사람들은 그들을 구제하는 데 별로 신경을 쓰지 않는다. 야생동물이 인간의 문명 발달로 입는 피해를 애초에 방지할 수 있다면 좋을 것이다. 그게 힘들다면 지금 발생하는 문제들에 최소한의 관심이라도 가져야 한다. 우리로 인해 고통받는 생명에 대해 무관심한 것은 자연의 주인인 동물들에게 큰 죄를 짓는 일이다.

할 수 있는 범위 안에서 구조된 동물들에게 도움의 손길을 내밀려고 노력하고 있지만, 결국 나는 보호자와 함께 병원을 찾은 한정된 동물들만을 보살필 수밖에 없다. 가슴이 따뜻한 분들에게 발견되지 못한 동물들도 많이 있을 것이다. 지금 이 순간에도 도움의 손길이 닿지 못하는 곳에서 조용히 죽어가고 있을 야생동물들을 위해 기도한다.

새를 위한
집을 짓다

건축 프로그램에서 방송 촬영 섭외 전화가 왔다. 진료 중에 걸려온 전화라 직접 통화하지는 못하고 메모를 건네받았다.

종종 각종 텔레비전 프로그램에서 우리 병원으로 섭외 요청을 보내는데 대부분이 동물과 관련된 예능 프로그램이다. 동물원에 근무하던 시절에는 수의사로서 자주 방송에 나가 동물들을 진료하고 행동을 분석하고 소견을 말하고는 했는데, 이제는 대부분의 촬영을 사양하고 있다. 더는 사람의 흥미를 위한 프로그램에 나가고 싶지 않기 때문이다. 간혹 교육적인 프로그램에서 요청이 오면 나가는 정도다.

그런데 건축 프로그램이라니. 이번 건은 좀 낯설었다. 건축 프로그램에서 왜 수의사를 섭외하려고 할까? 교육 방송이기도 하고 궁금한 마음도 들어, 당장 담당 작가에게 전화를 걸어 이야기를 나누었다.

그 프로그램에서는 특별한 집을 소개한다. 그런데 이번에 촬영할 집에 사는 가족은 모두가 동물을 좋아한단다. 집 안팎에 동물들을 위한 공간을 세팅해놨는데, 특히 새들과 함께 살아가려고 많이 노력하고 있다. 그래서 새에 대해 조언할 수 있는 수의사를 찾다 나에게 연락해온 것이다. 촬영 장소에 대한 이야기를 나누고 있자니 그 집에서 살아가는 사람들이 궁금해져 촬영에 응하기로 했다.

아침 일찍부터 예정된 녹화를 위해 새벽에 파주의 한 동네를 찾았다. 촬영 장소에 도착하니 문 앞에 '꾸룩새 연구소'라는 팻말이 붙어 있었다. '꾸룩새?' 아무리 생각해도 떠오르는 새가 없다. 꾸룩꾸룩 하고 우는 새가

164   새를 위한 집을 짓다

무엇이 있는지 고민하다 수리부엉이를 떠올렸다. 설마 수리부엉이를 지칭하는 순우리말 같은 건가 짐작해 봤는데, 나중에 여쭤보니 원래 있는 이름은 아니고 수리부엉이 울음소리에 착안한 것은 맞는다고 한다. 의성어를 이용해서 만들어낸 말인데, 얼마나 인상적이고 적절한지 이제는 수리부엉이를 보면 수리부엉이라는 이름보다 꾸룩새라는 말이 머릿속에서 가장 먼저 떠오른다.

'연구소'라고 이름 붙었으니 꾸룩새 연구소가 어느 대학교나 국가에서 세운 연구 시설이라고 생각할 수 있겠다. 하지만 그런 연구소는 아니다. 앞서 썼듯이 세 가족이 자연과 함께 살아가는 생활공간으로, 가족 중 딸이 소장을, 어머니가 부소장을 맡고 있다. 이 집은 오랫동안 조류에 관심을 가져온 새 덕후 소장님이 어렸을 때부터 새들을 관찰하고 공부했던 자료들을 모아놓은 보물 창고이기도 하다.

촬영에 앞서 꾸룩새 연구소의 가족 분들과 이야기를 나누었다. 소장님과는 아는 지인이 많이 겹쳐 쉽게 친해질 수 있었는데, 소장님은 자신이 연구하는 내용

을 재미있게 소개해주셨다. 부소장님도 소장님 못지않
게 조류와 주위의 야생동물에 대한 지식이 풍부하셨는
데, 말씀하시는 내내 눈을 반짝이셔서 아직도 그 인상
이 기억에 남아 있다.

꾸룩새 연구소에는 건물이 여러 채 있었다. 거주 중
인 집을 중심으로 둥그런 울타리가 쳐져 있는데, 울타
리 안에도 다양한 나무가 심어져 있었다. 앞에는 연못
들이 있었고, 각 나무마다 야생 조류가 직접 지은 둥지
와 가족들이 설치한 새집이 달려 있었다.

주변 동물들과 함께하기 위해 설치해놓은 야외 시
설물부터 둘러보기 시작했다. 가장 먼저 눈에 들어온
것은 '곤충 호텔'이라는 장작더미였다. 장작을 짧게 잘
라 깔끔하게 쌓아 올린 그 장작들의 단면에는 구멍이
잔뜩 나 있었다. 곤충들이 쉬거나 알을 낳을 수 있도록
만든 공간이다. 정말 많은 종류의 곤충들이 그 안에서
살아가고 있었다. 서식했다가 나간 흔적들도 군데군데
볼 수 있었다. 말 그대로 무인 호텔인 셈이다. 작은 곤
충들을 위해 이런 공간을 만들었다는 점에서 이 분들
이 함께 사는 생명들을 얼마나 배려하고 있는지가 보

였다.

나무에 설치한 새집 안에는 박새, 곤줄박이, 멋쟁이 새 등이 알을 낳고 지내던 흔적들이 고스란히 남아 있었다. 촬영은 겨울에 진행되었기에 당장 새끼를 키우며 머무르는 새들은 없었다.

마당에는 잉어가 사는 큰 연못과 주위 동물들을 위한 작은 연못이 있었는데, 큰 연못에는 꽤 많은 잉어들이 살고 있었다. 작은 연못에는 '첨벙첨벙 물의 정원'이라는 이름이 붙어 있었다. 직경 1m도 채 되지 않는 작은 물 웅덩이였는데, 많은 동물들이 이 웅덩이를 찾는다고 한다. 70종이 넘는 새들은 물론, 족제비나 너구리 같은 포유류, 뱀이나 개구리 같은 양서류와 파충류까지 물을 마시기 위해 방문한다. 주변에 사는 생명들에게 사막의 오아시스나 마찬가지인 셈이다. 작은 연못은 주방 창문에서 바로 보이는데, 연못에 동물이 나타나면 가족들은 설거지를 하다가도 잽싸게 카메라를 들고 기록을 남긴다.

거주하는 집 옆에 있는 별채에는 전시실과 교육실이 마련되어 있었다. 세련되고 정돈되지는 않았지만 소박한 분위기가 감도는 정다운 곳이었다.

전시실에는 소장님이 어렸을 때부터 모아온 조류 관련 자료들이 있었다. 직접 그림을 그리고 붙여 설명을 적은 도감, 관련 서적, 뼈나 깃털을 직접 수집해서 만든 표본, 새를 관찰할 때 사용하는 기자재들로 공간이 빼곡하게 차 있었다. 소장님이 초등학생 때 직접 만든 도감을 하나하나 살펴보고 있자니 야생 조류에 얼마나 깊이 몰두했는지 짐작할 수 있었다.

교육실에서는 체험 학습을 위해 방문한 손님들을 대상으로 강의를 진행한다. 주위에서 모은 조류의 펠릿pellet을 직접 해체하면서 그 새가 어떤 먹이를 먹었는지 탐구하는 시간을 가진다.

올빼미목이나 매목에 속하는 조류는 음식을 먹고 나서 소화되지 않는 깃털이나 뼈를 도로 뱉어낸다. 이를 펠릿이라고 하는데, 잘 살펴보면 어떤 동물을 잡아먹었는지를 알 수 있다. 펠릿은 얼핏 보면 작은 변처럼 보인다. 하지만 자세히 보면 털이나 뼈들이 촘촘히 뭉쳐 있다는 사실을 알아챌 수 있다. 쥐의 뼈나 비둘기 깃털 등이 뭉쳐 있는 것이다. 육식성 조류인 맹금류만 이

새를 위한 집을 짓다

런 펠릿을 만들어낸다. 맹금류에는 수리부엉이나 소쩍새 등을 포함하는 올빼미목과, 독수리나 황조롱이 등을 포함하는 매목이 있다.

올빼미목과 매목의 펠릿은 각각 다른 특징을 갖고 있다. 올빼미목에 속하는 조류는 소낭*이 발달되어 있지 않기 때문에 먹이를 섭취할 때마다 매번 펠릿을 배출해야 한다. 그 펠릿 안에는 소화되지 않은 털과 온전한 모양의 뼈가 들어 있다. 반면 매목은 소낭에 먹이를 저장하는 능력이 뛰어나기 때문에 보통 하루에 한 번만 펠릿을 토해내면 된다. 펠릿이 소낭에 들어 있는 동안 소화 효소가 작용해서 뼈가 부스러진다. 그래서 펠릿으로 어떤 먹이를 먹었는지를 확인하고 싶다면, 매목의 펠릿보단 올빼미목의 펠릿을 사용하는 것이 알아보기 편하다.

예전에 동물원에서 어린이 체험 프로그램을 담당할 때, 체험 아이템으로 펠릿을 떠올렸던 적이 있다. 외국에서 펠릿을 분해해보는 프로그램을 어린이를 대상으

* 모이 주머니. 음식물을 저장하는 공간.

로 많이 진행하며, 교육용 기자재로 펠릿을 팔기도 한다. 국내에서는 펠릿을 구입할 수 있는 방법이 없어서 결국 추진하지 못했는데, 꾸룩새 연구소에서 펠릿을 직접 모아 이 프로그램을 운영하고 있다는 점이 대단하게 느껴졌다.

마지막으로 수리부엉이의 서식지를 방문하기로 했다. 꾸룩새 연구소에서 산길을 따라 20분 정도 걸어가면 수리부엉이가 살고 있는 암벽이 나온다. 오랜만의 산행이라 즐겁게 따라가고 있는데 서식지에 다다를 때쯤 요란한 공사 소리가 들려왔다. 근처에 있는 채석장에서 나는 소리라고 한다. 곧 점심시간이라 조만간 소음이 없어져 촬영은 괜찮을 거라고 이야기를 전해 들었지만 이 소음을 들으며 살아갈 동물들은 괜찮을지 모르겠다는 생각이 들었다.

　절벽 아래쪽, 멀리 떨어진 위치에서 망원경으로 수리부엉이를 관찰하기로 했다. 내 눈에 보이는 건 절벽뿐인데, 소장님과 부소장님은 재빠르게 수리부엉이가 어디 있는지를 찾아냈다. 망원경을 수리부엉이가 있는

새를 위한 집을 짓다

위치에 고정시킨 뒤 한 명씩 돌아가면서 관찰했다.

자연 속에 있는 수리부엉이를 본 순간 저절로 미소가 지어졌다. 동물원에서 코앞에서 매일 봤던 수리부엉이인데, 눈앞에 있는 수리부엉이는 그 수리부엉이와 달라보였다. 야생에서 편안하게 휴식을 취하고 있는 수리부엉이는 좁은 동물원에서 무기력하게 갇혀 있던 수리부엉이와는 상당히 다른 위엄을 갖추고 있었다. 치열한 삶과 자유의 흔적이었을 것이다.

수리부엉이를 관찰하면서 짧은 인터뷰를 진행했다.

"야생에 있는 수리부엉이를 직접 보니 너무 웅장해서 가슴이 벅차오르네요. 지금 낮이라서 조금 웅크리고 있긴 한데, 지금 이 모습이 제가 지금까지 봤던 수리부엉이 중에 가장 멋있는 거 같아요. 수리부엉이가 우리 주변에서 살아간다는 사실이 너무 고맙고 미안해지네요."

인터뷰가 끝나자 담당 PD가 물어왔다.

"왜 미안하신 건가요?"

"사람들 때문에 점점 살 곳이 줄어들어 가잖아요."

어떻게 미안하지 않을 수 있을까. 수리부엉이가 자

리 잡고 있는 암벽에서는 건너편 채석장이 바로 내려 다보였다. 암벽에서 살아가는 수리부엉이는 자기 눈앞에서 바위가 없어지는 것을 보며 무슨 생각을 할까. 또한 야행성인 수리부엉이는 낮에 편히 쉬어야 할 텐데, 낮 내내 소음이 들려오니 쉬기도 힘들지 않을까. 이런 환경에도 불구하고 조용히 서식지를 지키고 매년 새끼들을 키워내는 이 수리부엉이에게 어찌 고맙고 미안하다고 말하지 않을 수 있을까?

꾸룩새 연구소는 이름에서부터 느껴지는 다정함 그대로 우리 주변에 함께하는 생명들을 위하는 곳이었다. 야생동물에게 먹이와 서식 공간을 제공하지만, 일부러 접근하지 않고 그저 멀리서 바라본다. 생태계를 이해시키고 보전하기 위한 교육 활동에도 노력하고 있다. 생태계 지킴이의 모범처럼 느껴졌다. 늘 마음속에서 막연히 동경하던 삶을 살아가는 분들이었다.

자연과 벗하는 삶을 살기 위해서는 많은 시설과 비용이 필요하지 않았다. 우리 주변의 야생동물을 존중하고, 그들과 조화롭게 살기 위해 정성을 다한다면 우리는 모두 생태계를 위한 삶을 살아갈 수 있었던 것이다.

새를 위한 집을 짓다

동물의
복지를 위해
필요한 것들

요즘 동물 복지에 대한 관심이 국내외에서 높다. 예전에는 사람이 살기도 어려웠던 시절이라 그랬는지 동물 복지라는 개념을 찾아볼 수도 없었는데, 이제는 쉽게 접할 수 있는 단어가 되었다. 사람들은 가족처럼 키우는 반려동물이든, 산업을 위해 키우는 산업 동물이든, 아니면 인간과 무관하게 살아가는 야생동물이든 상관없이 모든 범위의 동물에게 복지의 개념을 부여하기 시작했다. 특히 동물이나 동물의 부산물을 이용하는 분야에서 동물 복지는 매우 중요하게 여겨지고 있다.

대부분의 사람들에게는 동물 복지가 뉴스에서나 볼 수 있는 먼 이야기로 들릴지도 모르겠다. 뉴스를 보고 안타까운 마음이 들어 동물 구호 단체를 일시적으로 후원하거나 SNS에 응원의 메시지를 올리더라도 여전히 마음의 거리는 멀 것이다. 그러나 동물 복지는 우리 생각보다 가까이 있는 이슈다.

적극적으로 동물 복지 운동에 동참하는 개인과 단체가 점점 늘고 있다. 동물 복지 기준에 부합하는 시설에서 만들어진 축산물을 찾는 소비자들이 많아졌다. 시민 단체들은 동물원과 사육 시설의 환경 개선을 위해 동물원 관련 법률을 개정하려고 애쓰고 있다. 지자체에서는 오래전부터 문제시된 새들의 유리창 충돌을 방지하기 위해 실태를 조사하고 유리창에 충돌 방지 스티커를 붙이고 건물 디자인을 변경하는 등 대책을 수립하고 있다. 이처럼 사회적 차원에서 동물 복지는 큰 이슈가 되고 있다.

그렇다면 많은 사람들의 일상 속 가장 가까이에 있는 동물들의 상황은 어떨까? 동물병원은 반려동물 복지 상태를 간접적으로 평가할 수 있는 장소다. 그래서 나는 반려동물의 복지에 대해 이야기해보려 한다.

우리 병원에 찾아오는 반려동물들은 개, 고양이, 페럿, 앵무새, 토끼 등으로 다양하다. 동물 종이 다양한 만큼 보호자들이 동물을 키우게 된 계기도 다양하다. 오랫동안 동물을 키우고 싶어서 돈을 모으고 공부한 뒤에 동물을 입양하는 분들도 있지만, 생일이나 기념일에 충동적으로 동물을 데려오는 경우도 많다. SNS나 미디어를 통해서 각 동물들의 매력에 빠져 특수 동물을 입양하기도 하고, 그냥 한번 키워보자는 생각으로 햄스터나 사랑앵무처럼 작은 동물을 키우기 시작하는 분들도 있다. 계기가 제각각인 만큼 반려동물들이 처하는 상황이나 보호자가 겪는 어려움도 제각각이다. 때때로는 반려동물의 삶의 질이 낮아지기도 한다.

반려동물의 복지가 저해되는 요인으로 두 가지를 들 수 있다. 첫 번째는 물리적인 준비가 덜 되어 있는 것이다. 특히 시간과 경제력이 부족할 경우 보호자의 의지와 상관없이 반려동물의 삶의 질은 낮아진다.

반려동물을 들일 때에는 동물과 함께하는 시간을

동물의 복지를 위해 필요한 것들

확보하는 것이 중요하다. 사람들과의 교류를 즐기는 개가 보호자 없이 12시간 이상을 집에서 혼자 지낸다면 동물이 복지를 누리고 있다고 볼 수 없다. 이런 경우 개가 심한 우울증이나 분리불안증으로 고통받을 것이 뻔하다. 동물을 입양하고자 하는 경우 동물을 위하는 마음을 앞세우기 이전에 입양 후 얼마나 시간을 할애할 수 있을지를 미리 고민해보아야 한다.

경제적인 여유가 없는데도 동물을 입양하는 것 또한 지양해야 할 일이다. 반려동물이 적절한 영양분을 섭취하고 질병을 예방하고 건강을 관리하는 데는 결국 돈이 들어간다. 동물들은 자신의 통증을 표현할 수단이 무척 제한적이다. 결국 크고 작은 통증을 동물들이 혼자 인내하게 될 확률이 높은데, 제때 제대로 예방하고 처치하지 않는다면 더 큰 질환에 노출될지도 모른다. 동물을 들이기 전에 지금 사는 공간에서 반려동물과 함께 지낼 경우 동물에게 부족한 것은 없는지, 기본적인 관리 비용을 어떻게 충당할 것인지를 미리 정확히 확인하길 바란다.

두 번째 복지 저해 요인은 반려동물에 대한 무지다.

평소에 긴장을 많이 하고 늘 불안해하는 반려견을 데리고 오신 보호자분들이 흔히 하시는 말씀 중에 하나가 본인이 잘못 키웠다는 것이다.

"제가 너무 오냐 오냐 하면서만 키워서 애가 버릇이 없어요."

이 답변은 반은 맞았고 반은 틀렸다. 선천적으로 불안증을 갖고 태어났을 수도 있기 때문이다. 물론 잘못된 학습으로 선천적인 불안증이 더 강화되는 경우도 있다. 하지만 행동 문제가 있다는 것을 보호자가 인지하고 있다는 사실만으로도 개선의 여지가 있다. 앞으로 행동 치료나 약물 치료를 통해 반려견의 평안한 삶을 살 수 있도록 해주면 된다. 보호자가 무지로 상황을 잘못 인식하고 있을 경우가 도리어 더 문제다.

불안증이 심한 소형견 한 마리를 데리고 병원을 방문한 분이 계셨다. 진료 테이블 위에 올려진 그 아이는 너무 긴장해서 눈을 마주치지도 못하고 벌벌 떨었다. 염증 처치가 끝나고 보호자와 상담을 이어갔다. 아이의 불안 증상이 평균보다 심하니 집에서의 행동에 문제가 없는지 물어보았다.

동물의 복지를 위해 필요한 것들

상담이 이어지면서 나는 근심에 빠지지 않을 수 없었다. 그 아이는 현관에서 들려오는 모든 소리와 물체에 과도하게 반응하며 공격성을 보였는데, 보호자는 그 모습을 보고 집을 잘 지킨다고 칭찬을 해주었다고 한다. 또한 식사를 할 때 가족의 일원으로서 식탁 의자에 한 자리를 차지하고 음식을 같이 나눠 먹는데, 그 또한 대수롭지 않게 여기고 있었다. 또한 산책을 보호자 없이 혼자 다녀오고, 산책 후 현관 앞에서 짖으면 잘했다고 칭찬하면서 집으로 들여보낸다는 것이었다.

여러 가지 문제가 복합적으로 나타나고 있었지만, 일단 다른 건 제쳐두고 절대로 반려견 혼자 산책을 내보내는 것을 금지하라고 부탁드렸다. 그 아이는 불안증이 심했고, 자기 영역을 지키고자 하는 공격성과 타인에 대한 두려움이 있었다. 그렇기에 홀로 돌아다니면 다른 생명체가 피해를 입을 가능성이 높고 자신도 위험에 처할 수 있었기 때문이다.

보호자가 자신의 반려견을 사랑하지 않는 것은 아니었다. 너무나 아끼고 대견해하며 정성을 다해 보살피고 있었다. 그러나 잘못된 인식으로 인해 반려견의 도움 요청 신호를 제대로 이해하지 못하고 불안증을 심화하고 있었다. 그 아이는 사랑받고 있었지만 그 삶이 과연 평안했을까?

이처럼 반려동물의 복지 수준은 보호자의 역량에 따라 달라진다. 예비 보호자들은 반려동물을 입양하기 전에 시간, 경제력, 기초 지식 등의 기반을 점검해볼 필요가 있다.

동물 입양을 출산이나 결혼과 같은 맥락으로 생각해보면 좋겠다. 결혼이나 출산을 충동적으로 하지는 않을 것이다. 인생의 중대사를 결정할 때 사람들은 관련 정보를 얻기 위해 주변 사람들에게 조언을 구하고 책을 구입하고 경제 계획을 세운다. 동물을 삶에 들일 때도 그런 자세가 필요하다.

물론 동물 입양과 결혼은 유사한 면도 많지만 차이도 있다. 바로 자유의지이다. 결혼은 양자의 협의로 이루어지고 문제가 생기면 되돌릴 수도 있다. 그러나 동물 입양에서 동물에게는 선택권이 없다. 선택될 뿐이다. 되돌릴 경우에도 양측 모두의 상황이 더 좋아질 가

동물의 복지를 위해 필요한 것들

능성이 낮다. 그러니 동물과 사람과의 문제는 사람 사이의 문제보다 더 진지하게 다루어져야 한다.

다른 생명을 선택하고 책임을 질 때는 제도적인 준비 과정이 필요하지 않을까. 독일의 경우 반려동물을 들일 때 교육 과정을 이수하고 테스트를 통과해야만 한다. 그만큼 책임감을 갖추고 준비가 되었을 때만 동물을 입양할 수 있는 것이다. 이런 제도를 국내에 도입하는 것도 고려해볼 만하다.

동물 복지를 위해 우리가 직접 실천할 수 있는 일들은 생각보다 많다. 당장 함께 지내는 반려동물들의 편안하고 안락한 삶을 위해 공부를 시작해볼 수 있을 것이다. 새들을 위해 유리창에 충돌 방지 스티커를 붙이고, 동물 복지 인증을 받은 상품이나 식품을 이용하고, 열악한 시설이나 부적절한 프로그램을 운영하는 동물 관리 시설을 방문하지 않으면 된다. 멀리 있는 이상만 보지 말고 일상생활에서 할 수 있는 것들을 하나씩 실천하다 보면 동물 복지는 어느새 우리 곁에 와 있을 것이라고 믿는다.

반려동물의
올바른
가족이 되는 길

반려동물의 행동 문제가 매우 큰 관심사가 되었다. 텔레비전은 물론 각종 SNS나 강연에서 반려동물의 행동과 관련된 내용을 앞다투어 다루고, 관련 전문가들이 대중적인 인기를 누리고 있다. 반려동물 보호자들도 행동학적 문제에 관심을 가지게 되었고, 동물병원에서도 행동 치료가 하나의 진료과로 자리매김했다.

개체마다 표현 방법에서 차이가 있지만, 반려동물이 보이는 대부분의 행동학적 문제에는 공통점이 있다.

보호자가 행동학적 문제가 있다고 느끼는 경우 대

부분 동물이 그 집안의 리더가 되어 있다. 스스로를 리더라고 여기는 동물(특히 개과 동물의 경우)은 자신의 영역을 지키려는 성향이 매우 강화된다. 리더는 많은 권리를 가진 존재이지만 동시에 큰 책임을 지고 있게 마련이다. 책임감을 느끼는 동물은 마음이 편할 수가 없다. 자기가 속한 영역과 가족을 지키고 보호한다는 (또는 소유한다는) 막중한 임무를 위해 늘 경계 태세를 유지해야 하기 때문이다.

내가 어렸을 때는 집을 지키기 위해 개를 키우는 경우가 많았다. 집 근처에만 얼씬거려도 죽일 듯이 짖어대며 달려드는 개를 본 적이 있을 것이다. 하지만 현대 사회에서 집을 지키기 위해 반려견을 키우는 가정은 별로 없을 것이다. 아파트처럼 많은 사람들이 모여 사는 건물에 거주하는 분들은 오히려 반려견이 집을 지키려고 들지 않길 간절히 바랄지도 모른다.

시대가 변했으니 이제 반려견들은 집을 지킨다는 막중한 임무를 내려놓아도 된다. 하지만 여전히 한시도 긴장의 끈을 놓지 않고 집을 지키려 드는 반려견들을 자주 만난다.

왜 반려견은 집을 지키기 위해 안달이 난 것처럼 보일까? 집을 지켜야 한다는 의무가 본능에 새겨진 것일까? 이 문제를 풀기 위해서는 개과 동물의 특성을 이해해야 한다.

개과 동물은 대부분 무리 생활을 한다. 무리 생활을 위해서는 그들만의 질서가 필요하다. 무리는 크게 두 그룹으로 나뉜다. 무리를 이끄는 리더 그룹과, 리더 그룹의 보호 아래 지내며 리더 그룹을 보조하는 그룹이다. 낯선 상황에서 긴장을 늦추지 않으며 집을 지키려는 반려견들은 자신들도 모르게(보호자도 모르게) 리더 자리에 올라앉은 것이다.

이러한 성향의 반려견들에게서 보이는 또 다른 공통적인 특징은 보호자에 대한 강한 집착이다. 보호자는 자신에게 집착하는 반려견의 태도로 반려견이 자신을 '보호자'로 여기고 있다고 오해한다. 그러나 이런 경우 반려견은 집착하는 대상을 좋아하거나 소유하려 할 뿐 의지하거나 따르지 않는다.

동물병원에서는 흔히 반려견을 키우는 사람을 보호

자라고 부른다. 하지만 사람과 반려견의 관계를 행동학적으로만 보았을 때, 개를 보호자라고 부르는 것이 더 적절해 보이는 경우가 많다. 개가 사람을 보호하려고 들기 때문이다.

왜 많은 반려견들은 리더가 되어버렸을까? 여러 가지 이유를 추측해볼 수 있겠지만, 내가 생각하기에 가장 큰 이유는 반려견과 보호자의 의사소통 방법 때문이다.

의사소통을 하다 보면 적극적으로 요구하는 개체가 관계의 주도권을 갖게 된다. 가령 짖는 방법으로 자신이 먹고 싶은 간식을 쉽게 얻어낸 반려견은 언제든 다시 이 방법을 사용한다. 그런데 이전처럼 짖어서 간식을 얻지 못하면, 더 크고 맹렬하게 짖어서 간식을 요구할 것이다. 결국 또 간식을 얻는다. 보호자가 의도한 바는 아니겠지만, 이런 행동이 반복됨으로써 반려견의 이 행동은 강화된다. 짖으면 간식을 얻을 수 있다는 인식이 박히고, 반려견은 간식뿐 아니라 사료, 스킨십, 산책 등의 목적을 이루기 위해 짖기 시작한다.

반려견이 무엇인가를 '먼저' 표현하고, 그 표현으로

보호자에게서 반응을 이끌어낸다면 반려견은 그 표현 방법을 학습한다. 여기서 반응이라 함은 목적한 것을 얻어내는 것뿐 아니라 보호자가 보이는 모든 반응을 의미한다. 혼내는 것 또한 반응이라고 말할 수 있다. 반려견은 다양하게 자신을 표현하고 요구하며 자기 주도적인 태도를 갖추게 된다. 리더가 되어가는 것이다.

동물을 훈련할 때 머리를 쓰려는 사람들이 많다. 그러나 복잡하게 생각한다고 훈련이 잘 되지는 않는다. 동물의 행동 원리를 이해하고 매우 단순하게 접근해야 훈련에 성공한다. 내가 만난 보호자들은 반려견의 행동에 매우 많은 의미를 부여하고 있었다. 단순한 행동에 너무 고민하고 안절부절못한다.

예를 들어 반려견이 밥을 먹지 않는다고 가정해보자. 많은 보호자들은 고민을 깊이 한다. 오늘 많이 안 놀아줘서 그런가? 산책을 나가지 않아서 그러나? 장난감이 마음에 들지 않나? 이렇게 깊이 고민할 필요가 없다. 아픈 게 아닌 이상은 그냥 배가 고프지 않거나 사료가 맛이 없기 때문이다.

행동 상담을 진행할 때 가장 많이 듣는 말 중 하나

가 "우리 애는 너무 똑똑해서 사람 같아요"이다. 그러나 그 아이는 사람처럼 머리를 쓰고 있는 것이 아니다. 본능대로, 그저 관계 속에서 학습한 대로 행동하고 있을 뿐이다. 이렇게 이야기하는 보호자의 반려견은 정도의 차이는 있었지만 대부분이 행동학적인 문제를 안고 있었다.

말로 교육이 가능하다면 그 반려견은 이미 일반적인 개가 아닐 것이다. 우리는 개의 지능에 생물학적인 한계가 있다는 사실을 명심해야 한다. 작은 친구들이 꾀를 부린다고 해서 사람처럼 사고하지는 않는다. 반려견의 행동은 최대한 단순화해서 받아들여야 한다. 반려견이 보호자의 다리에 매달린다고 가정해보자. 보호자는 이 행동에 대해서 너무 많이 고민할 필요가 없다. 밥을 달라는 건지, 안아달라는 건지, 산책을 가자는 건지가 중요한 것이 아니다. 중요한 것은 반려견이 먼저 보호자에게 자신의 요구를 표현하고 있다는 사실이다.

흔히 행동 교육이라고 하면 '보상과 무시'를 많이 떠올린다. 개과 동물에게 굉장히 중요한 개념이다. 하지만 사람들이 이 '보상과 무시'를 정확히 이해하지 못하는 경우가 많다. 그래서 나는 '보상과 무시'보다는 '반응과 무반응'이라고 표현해야 하지 않나 생각한다. 보호자의 반응을 먹고 사는 반려견에게는 보호자의 어떠한 반응도 보상으로 작용할 수 있기 때문이다.

'반응과 무반응 훈련'의 원리는 매우 단순하다. 반응해야 할 때 반응하고 반응하지 말아야 할 때 반응하지 않는 것이다. 물론 반려견에게 대화로 설명해줄 수 없으니 그 행동 기준이 매우 분명해야 한다.

반응, 즉 보상은 어떤 경우에 해야 할까? 바로 반려견이 보호자의 요구를 올바르게 따랐을 때나 보호자의 생각에 올바른 행동을 했을 때이다. 이러한 경우 즉시 과도한 반응을 보여 그 행동에 보상을 보여주어야 한다. 많은 보호자가 반응 훈련은 쉽게 이해하고 실천하고 있다.

어려운 것은 무반응 훈련이다. 흔히 보상의 반대를 벌이라고 생각하는 분들이 많다. 하지만 보상의 반대는 완전히 반응하지 않는 것이다. 무반응 훈련은 보호자에게 혼란스럽게 다가가는 것 같다. 게다가 대단한 인내심이 요구되어 실천하기 어렵다.

보호자가 반려견의 행동에 무반응으로 일관해야 할 때가 언제일까? 바로 반려견이 먼저 보호자에게 자신이 원하는 것을 표현하는 경우이다. 상황과 행동의 의미를 파악하려는 것은 일단 접어두자. 반려견이 '먼저 표현한다', '먼저 요구한다'는 느낌을 주는 행동을 할 때 완벽하게 반응하지 않는 것이다. 이 훈련을 계속하다 보면 반려견은 자신이 주도적으로 표현할 때 얻을 수 있는 것이 없다는 사실을 서서히 깨닫는다.

'반응과 무반응 훈련'을 지속한다면 반려견과의 의사소통에서 보호자가 주도권을 가져올 수 있다. 물론 쉬운 일이 아니다. 다양한 상황에 따라 변수가 발생할 수 있다. 환경에 따라 훈련에 제약이 생기기도 하고, 성격에 따라 효과의 크기가 달라지기도 한다. 약물의 도움이 필요한 경우도 있다. 하지만 정도의 차이가 있더라도 이 훈련은 제법 효과적이다. 이 훈련으로 주도권을 보호자에게 내주고 나서 침착과 평화를 되찾는 반려견을 자주 목격한다.

상담할 때 자주 드는 예시가 있다. 보호자가 늦은 시간에 매우 위험한 길을 걸어간다. 먼저 연약하고 어린 자녀를 데리고 그 길을 걷는다고 상상해보자. 온 신경을 곤두세우고 무슨 소리가 나는지 주위에 누군가 있는지 정신없이 살피며 그 길을 걸을 것이다. 다음으로 덩치가 크고 강하면서 믿을 수 있는 사람과 그 길을 걷는다고 가정해보자. 옆에 있는 사람을 믿고 차분히 그 길을 걸어갈 것이다.

이 상상을 통해 반려동물이 어떻게 살도록 도와줘야 할지 판단할 수 있다. 리더 자리에 앉은 반려동물은 첫 번째 상상 속 보호자의 위치에 있다. 그 험난한 길은 그 동물의 삶이다. 보호자는 자신의 반려동물이 사랑하는 존재를 지키기 위해 역경을 헤쳐가며 살기보다, 옆에 있는 존재에게 의지하며 마음 편히 살아갈 수 있도록 해야 한다.

보호자가 반려동물이 신뢰할 수 있는 리더의 역할을 할 때, 반려동물은 자신의 의미 없는 책임감을 내려놓고 올바른 가족의 일원이 될 수 있다. 반려동물들이 보호자에게 의지하며 평화로운 삶을 영위하기를 바란다.

반려동물의 올바른 가족이 되는 길

반려견도
마음의
병이 있다

동물도 마음의 병을 지니고 살아간다. 동물이 마음의 병에 걸린 경우, 당연히 사람의 경우보다 알아채기 어렵다. 병이 눈에 보이지도 않고 말로 설명도 못하니 마음의 병에 걸린 동물들은 얼마나 힘겨운 삶을 살아가고 있을까?

흔히 동물병원 진료를 소아과와 비교하곤 한다. 환자의 의사 전달이 명확하지 않고 검사와 처치에도 협조적이지 않다는 점이 유사하기 때문이다. 종종 힘껏 긴장한 채로 진료실에 들어오는 동물 환자를 보며 소아과 출입문 앞에서 들어가기 싫다고 우는 아이들을 떠올린다. 양육자가 아이를 어르고 달래서 병원 안으로 들어가는 광경을 한번쯤은 목격한 적이 있을 것이다. 아이들은 울면서 떼쓰기라도 하지만 대부분의 반려견은 바짝 얼어서 보호자에게 안겨서 들어온다.(드물지만 아이들이 떼쓰는 수준 그 이상으로 안 들어가겠다고 난리 치는 반려견도 등장하기는 한다.)

이렇게 긴장하고 있는 반려견을 보면 안쓰러운 마음이 먼저 든다. 귀부터 꼬리 끝까지 온몸으로 스트레스와 불안한 감정을 열렬히 표현하는 모습이 애처롭다. 보호자들은 잘 모르지만 이런 반응은 단순히 병원이 싫거나 무서워서 나타나는 게 아니라, 불안장애에 기인하는 경우가 많다.

불안장애, 공포증, 공격성은 대표적인 반려견의 마음의 병이다. 반려견이 사람을 무는 사건들이 발생하면서 반려견의 공격성에 대한 사회적 인식이 많이 높아졌지만, 불안증으로 힘겨워하는 반려견에 대해선 사회적 공감대가 아직도 부족한 게 사실이다.

이런 문제들은 행동 교육을 이용해서 바로잡을 수

　　　　　　　　반려견도 마음의 병이 있다

있다. 동물 훈련에 관심이 있는 분들이라면 '긍정적 강화 훈련'이라는 표현을 많이 들어봤을 것이다. 과거에는 체벌이나 초크체인*과 같은 훈련 방법이 많이 시행되었지만, 요즘에는 간식이나 칭찬과 같은 보상을 주는 훈련을 많이 시행한다. 이런 긍정적 강화 훈련을 시행하면 동물은 스스로 옳고 그름을 판단하고 보상을 얻기 위해 좋은 행동들을 습관으로 만든다. 또한 이러한 긍정적 강화 훈련은 행동 치료에서 가장 중요한 개념인 탈감작 역조건화DSCC, Desensitization Counterconditioning** 훈련에도 매우 중요하다.

그런데 긍정적 강화 훈련이 모든 마음의 병을 해결할 수 있을까? 안타깝게도 심한 불안과 공포에 기인한 행동 문제들은 행동 훈련을 통해 완전히 해결할 수 있는 경우가 매우 드물다. 이것이 텔레비전이나 SNS의 조언을 따라서 훈련을 하더라도 해결이 잘 되지 않는 이유다.

*　당기면 올가미처럼 목을 조이는 목줄.
**　자극의 강도를 서서히 높여가며 이에 상응하는 보상을 주어 자극원에 대한 반응을 낮추는 방법.

선천적으로 불안증이 높을 경우 행동 훈련으로 반려견의 행동이 개선되기를 기대하기 어렵다. 이런 경우는 보통 부모의 행동 패턴이 유전되었고 어미가 임신 기간에 불안정한 환경에 놓여 스트레스를 받았을 가능성이 높다. 3개월밖에 되지 않은 어린 강아지가 진료 테이블 위에서 이를 드러내며 경계하거나 작은 핸들링에도 과격한 반응을 보인다면 이런 경우라고 볼 수 있다. 이럴 때는 강아지의 삶의 질을 개선하기 위해 적극적인 개입이 필요하다.

한편 반려견이 훈련을 알아듣지 못하는 상태일 때도 행동 훈련을 통한 변화를 기대하기 힘들다. 동물의 공포·불안·스트레스 상태 FAS, Fear·Anxiety·Stress를 일반적으로 0에서 5까지 여섯 단계로 나누는데 3단계부터는 간식에 반응이 없고 집중을 하지 못한다. 그래서 아무리 훈련을 해도 알아듣지 못한다.

불안증을 보이는 반려견들은 대부분 스트레스 단계가 2단계 이상이라 반려견의 상태를 정확히 인지하지 못하고 계속 훈련만 시도한다면 아무 소용이 없다. 무의미한 훈련을 시도하는 보호자의 인내심은 언젠가는 바닥날 것이다. 그렇게 반려견의 행동 교정을 포기한다면 반려견의 공포가 공격성으로 발전해 위험한 결과를 초래할 수 있다.

끓는 냄비에 비유하면 이해하기 쉽다. 끓어서 넘치려고 하는 냄비의 뚜껑을 세게 누르고 있다면 냄비가 터지거나 누르고 있는 손이 다치고 말 것이다. 어서 불을 끄고 냄비의 뚜껑을 열어야 냄비가 넘치는 것을 막을 수 있다. 불을 끄는 것처럼 문제를 본질적으로 해결하기 위해서는 훈련이 아닌 다른 방법이 필요할 때가 있다. 바로 약물 처방을 병용하는 것이다.

약물로 과도한 흥분을 억제하는 것은 반려견 행동 교정을 위한 중요한 치료 방법 중 하나다. 그러나 많은 보호자분들이 행동 교정을 위해 약물을 사용하는 것에 거부감을 느낀다. 감염에 항생제를, 통증에 진통제를, 종양에 항암제를 처방하듯 불안증에 항불안제를 처방하는 것일 뿐인데 말이다. 감기나 몸살에 걸리면 약물 처방을 받지만 유독 정신이 아픈 것에 대해서는 필요가 없다고 많이들 생각하는 듯하다. 하지만 이 또한 반려견의 건강을 위한 처방이다.

수의사는 반려견과 보호자의 삶의 질을 향상시키기 위해 약물을 처방한다. 간혹 어떤 보호자는 약을 먹이면 반려견이 너무 힘들어할 것 같고 자신은 현재 상황이 불편하더라도 참을 수 있다며 약물 처방을 거부한다. 그러나 보호자가 견딜 만하다고 해서 반려견도 그런 것은 아니다. 또한 보호자의 생활이 안정되어야지만 반려견의 삶도 좋아진다는 점을 생각해주시길 바란다.

치주염을 앓는 나이 많은 동물들을 수술하고 나중에 다시 만나면 회춘한 것 마냥 활기차다. 이렇게 효과가 한눈에 보이는 질병과 치료 방법들이 몇 있는데, 약물을 통한 행동 치료도 그중 하나다. 마음의 병은 치주염만큼이나 동물들이 만성적으로 불편함을 감수해야하는 병이기에 치료 결과가 극적인 것이다.

반려동물에게 마음의 병이 있는지 알아채기는 쉽지 않다. 보호자가 반려동물의 행동에 관심을 가지고 제대로 파악해야 한다. 천사 같은 아이가 무슨 짓을 하든 예쁘게만 보일 수 있지만 보호자는 상황을 객관적으로 볼 줄 알아야 한다.(이해는 간다. 나도 가끔씩은 아무 생각

반려견도 마음의 병이 있다

없이 동물들을 흐뭇하게 바라볼 때가 있다.) 말 못하는 그들이 행동 언어를 통해 온몸으로 외치는 소리를 그냥 스쳐 지나치지 않았으면 좋겠다.

반려동물의
진정한
행복 찾기

모두가 자신이 행복하게 살기를 원한다. 행복의 기준
은 모두 조금씩 다르겠지만, 반려동물에게는 공통된
행복이 있다. 안정적인 삶과 즐길 수 있는 놀이 활동,
균형 잡힌 식단이다. 우리는 어떻게 반려동물에게 진
정한 행복을 찾아줄 수 있을까?

　동물이 행복하기 위해서는 야생 환경에서처럼 본
능을 따라 자유롭게 살도록 해주어야 한다고 생각할
수 있다. 하지만 집에서 함께 생활하는 반려동물은 야
생동물과 다르다. 반려동물은 인간 사회에서 살아가고

있다. 사람이 만든 환경 속에서 사람도 여러 제약을 받으며 살아가는데, 반려동물에게 무한한 자유를 줄 수는 없다. 또한 이런 환경에서 자유를 준다고 해도 그게 바로 행복으로 이어지지는 못한다. 인공적인 환경에서 부상을 입을 수도 있고, 다른 사람들과 갈등을 빚을 수도 있다.

대신 반려동물에게는 먹이를 찾기 위한 처절함이나 천적의 위협에 대한 두려움이 필요하지 않다. 사계절 내내 적절한 온도에서 지낼 수 있고, 보호자가 잊지만 않는다면 균형 잡힌 식단을 규칙적으로 제공받으며, 주기적으로 산책이나 놀이 같은 활동을 할 수 있다. 많은 반려동물이 겉보기에는 매우 안정적이고 안락한 생활을 영위하고 있다.

나는 산을 좋아해서 시간이 날 때마다 집 근처에 있는 매봉산이나 응봉산을 오른다. 종종 산에서 들개를 주의하라는 푯말을 보기도 하고, 야생화된 개를 직접 목격하기도 한다. 야생에서 마음껏 돌아다니는 그들은 과연 행복할까? 따뜻한 가정에서 사람의 보호 아래 안락하게 살고 있는 반려견이 행복할까? 그들이 서로 만

반려동물의 진정한 행복 찾기

나 이야기를 나눈다면 누가 누구를 부러워할까? 사람들이 그러듯이 자기가 갖고 있지 않은 것만을 서로 부러워하진 않을까?

종종 자연에서 필사적으로 살아가는 야생동물보다도 더욱 필사적으로 살아가며, 긴장해서 불안과 두려움에 쩔쩔매는 반려동물을 만난다. 안락하게 살고 있는 듯 보이는 그 아이들은 뭐가 그렇게 필사적이라 경계하고 긴장하는 걸까?

반려견을 위해 최선을 다하고 있는 보호자를 뒀으면서도 그렇게 행복을 누리지 못하는 아이들이 있다. 반려동물의 행복이 물질적 안락함에만 있지 않은 탓이다.

심리 상담을 받는 사람들은 언어로 자신을 설명한다. 자신의 감정과 상황을 말로 표현하기란 좀처럼 쉬운 일이 아니다. 같은 언어를 쓰고 비슷하게 생각하는 우리도 서로를 완벽하게 이해하지 못한다. 그러니 언어조차 사용하지 못하고, 행동 양식도 다른 종의 동물을 이해하기가 어려운 것은 당연하다. 반복되는 행동 패턴과 반응을 분석해서 동물의 심리를 판단하려고 해

보지만, 동물들의 행복이 어디 있을지 명확하게 파악하기란 쉽지 않다. 왜 어떤 반려동물은 행복한 생활의 기본 조건을 다 갖춰주었는데도 행복하지 못한 걸까?

반려견의 행동을 상담하다 보면 자주 접하는 케이스가 두 가지 있다. 첫 번째는 보호자가 집착적으로 보일 만큼 모든 상황을 반려견에게 맞춰주는 경우이다. 항시 반려견의 모든 행동을 지켜보며 더 챙겨줘야 할 건 없는지 노심초사한다. 반려견의 곁을 지키며 집사 역할을 다한다.(보통 고양이 보호자를 집사라고 많이 부르는데 내가 보기에는 개 보호자분들이 더욱 집사 역할에 충실하다.)

앞에서 다룬 대로, 이런 경우 대부분의 반려견은 자연스럽게 쉽게 흥분하고 긴장하게 된다. 그와 동시에 보호자에게 강하게 집착하고, 보호자는 반려견의 집착 행동이 자신에 대한 충성이라고 오해한다. 그러니 문제는 점점 복잡해지고, 해결책을 찾기 어려워진다.

두 번째는 유기견을 입양한 분들이 반려견을 지나치게 연민하는 경우이다. "사지 말고 입양하세요"라는 훌륭한 캠페인으로 유기 동물을 입양하는 가정이 늘어났다. 요즘 유기견센터에서 동물을 입양하려면 까다로운 절차를 밟아야 한다. 센터는 유기 동물을 정말로 책임질 수 있는 사람인지를 심사숙고해서 동물들에게 가족을 찾아준다. 이는 매우 바람직한 방향이지만, 아직도 보호자 교육은 미진하다는 생각이 든다.

유기견을 입양해서 키우는 분들에게서 자주 볼 수 있는 태도가 있다. 유기견에 대한 연민이 너무 강한 나머지 새로운 식구가 된 유기견에게 무한한 사랑만을 주는 것이다. 물론 동물에게 연민의 정을 보이는 모습은 감동적이다. 그러나 무조건적인 사랑이 반려동물을 행복하게 할 거란 믿음은 잘못되었다. 유기된 것에 트라우마를 갖고 있고 사회화가 덜된 동물은 센터에서 생활하는 동안 불안과 공포가 더 심해져 있을 가능성이 높다. 이런 동물들에게 무한정 퍼붓는 사랑은 사람과 사람의 관계에서도 그러하듯 도리어 독이 될 수 있다. 반려견이 보호자에게 집착하는, 앞선 케이스와 비슷한 부작용이 생기는 것이다.

말이 통하지 않는 동물의 행복을 판단하는 일은 어렵게 생각할수록 더 어려워진다. 간단하게 생각하자.

자신의 반려동물이 일상생활을 어떻게 하는지 살펴보고 나서 쉽게 접근하기 바란다. 보호자와 함께 있을 때, 보호자와 떨어져 있을 때, 외부인이 집에 들어올 때, 외부에서 자극이 발생할 때, 밥을 먹을 때, 놀이 활동을 하고 싶을 때, 집 밖에서 돌아다닐 때, 모르는 사람을 만나거나 모르는 동물을 만났을 때, 신날 때. 이 모든 상황에서 반려견이 어떤 행동을 하고 어떤 표정을 짓는지 주의 깊게 관찰해보자.

위에 나열한 일상생활에서 반려동물이 편안하게 매 순간을 즐기고 있는 것처럼 보인다면 행복하게 지내고 있다고 생각해도 될 것이다. 만약 많은 상황에서 과도하게 흥분하고 긴장하는 모습이 보이거나, 극도로 침울해진다면 아마도 그 아이는 행복한 삶을 살고 있지 못할 가능성이 크다. 이런 경우에는 반려동물의 심리 상담을 통해 문제를 파악하고 해결하려는 노력이 필요하다. 결국 자신의 동물이 행복한지를 정확히 판단할 수 있는 유일한 존재는 보호자다.

사람도 어렸을 때부터 수많은 교육을 통해 여러 규칙을 습득하고 다른 사람들과 어울려 살아가기 위해 애쓴다. 사람의 세상에 사는 반려동물에게도 규칙과 제한이 필요하다. 제한 없는 자유는 감당할 수 없는 결과를 불러오고, 반려동물에게 마음의 짐을 지운다. 이제 사람과 함께 사는 그들에게 진정한 행복을 주어야 한다. 모든 반려동물들이 자신이 사는 환경에서 마음을 놓고 지낼 수 있기를 바란다.

부검,
떠난 동물을
위한 예의

작별은 늘 피하고 싶은 일이지만, 수의사는 필연적으로 동물들의 떠남을 대면하게 된다. 특히 동물원은 다양한 동물들의 생사가 교차하는 곳이다. 새로운 생명이 많이 탄생하는 만큼 생을 마감하는 동물도 많다. 동물원에서 새 생명의 탄생은 모두의 관심사이다. 생명이 탄생하면 할 일을 찾아 모두가 일사불란하게 맡은 일을 처리한다. 하지만 사망한 동물에 신경을 쓰는 사람은 담당 사육사와 수의사밖에 없는 것 같다.

동물이 사망하면 수의사에게 사망 원인을 밝히는

임무가 주어진다. 사망 원인을 밝히고 나면, 다른 동물들이 앞으로 동일한 원인으로 사망하지 않도록 대책을 수립해야 한다. 그래서 모든 사망한 동물은 부검 대상이 된다.

지금까지 동물원에서뿐 아니라 동물병원에서도 부검을 계속해왔다. 얼마나 많은 부검을 맡았는지도 모르겠다. 동물원에서 나만큼 부검을 많이 한 사람이 없었을 것이다. 동물원의 수의 부문 책임자로서 떠난 동물에게 마지막 예의를 다하기 위해 대부분의 부검은 직접 도맡았다. 기린, 북극곰처럼 희귀한 대형 동물부터 토끼, 기니피그 같은 소형 동물까지 사망한 동물들은 모두 내게로 왔다.

입사하고 얼마 지나지 않았을 때 처음으로 부검을 진행하게 되었다. 신입 수의사에게 그런 임무가 떨어졌던 것은 당시 동물원에 수의사가 부족했던 탓도 있고 경험을 쌓아야 했기 때문이기도 하다. 그게 내 첫 부검이었다. 대학교 병리학 시간에 배웠던 부검 과정을 어렴풋이 떠올리며 담당 사육사들이 보는 앞에서 부검을 진행했다.

부검할 동물은 유대목 캥거루과에 속하는 왈라비라는 동물이었다. 첫 부검을 다른 사람들 앞에서 진행하자니 무척 긴장되었다. 외관을 먼저 살펴본 뒤에 내부 장기를 하나씩 하나씩 해체하며 병에 걸린 부분이나 비정상적인 조직이 있는지를 살폈다. 신중히 살펴보며 열심히 생각했지만 도저히 사망 원인을 알아낼 수가 없었다. 사육사들도 어제까지 아무런 증상 없이 건강했다고 했다.

다만 몇 가지 이상한 느낌이 드는 부위가 있었다. 체형에 비해 대퇴부의 근육이 너무 왜소했던 것이다. 그래서 전신의 근육 조직들을 비교해보았다. 뒷다리 근육들이 앞다리와는 다르게 색상이 창백하고 조직의 긴장도도 떨어져 있었다. 근육과 관련된 질병으로 잠정 판단하고 근육 조직 샘플을 채취해 조직 검사를 시행했다.

조직 검사 결과 결과는 퇴행성근질환*으로 밝혀졌

---

* 근육이 계속해서 파괴되는 질환.

다. 유대목 동물은 이 병에 매우 취약하다. 사육 환경이 병의 원인일 가능성이 높았기에, 다른 왈라비들도 같은 피해를 입을 수 있는 상황이었다. 온습도를 포함해 사육 환경 전반을 점검하고 비타민 E나 셀레늄처럼 근섬유에 꼭 필요한 영양분을 보충하기로 했다.

사인을 짐작할 수 있었던 왈라비는 다행스러운 경우였다. 사인을 정확히 밝힐 수 있다면 올바른 대책을 수립하고 재발 방지를 위한 대책을 세울 수 있다. 지속적으로 진료와 치료를 받고 있었던 동물이라면 사망 원인이 비교적 명확하겠지만, 갑작스러운 죽음을 부검하는 경우에는 일이 어려운 편이다. 부검을 진행했는데도 특별한 증상을 찾아낼 수 없는 경우도 많기 때문이다. '잔디밭에서 바늘 찾기'라는 말이 딱 들어맞는다. 피부에서부터 내부 장기 하나하나까지 꼼꼼히 살펴봐야만 사인을 특정할 수 있는 데다가, 사망의 직접적인 원인을 판단하는 것도 매우 어렵다. 지금도 동물원과 아쿠아리움 동물의 부검을 맡고 있지만 여전히 부담스럽다.

육안으로 살피는 것만으로 정확한 사망 원인을 규

명하기는 어렵기 때문에 병변이 관찰되는 장기는 조직 검사를 의뢰하는 경우가 많다. 예전에는 문제가 있을 것으로 예상되는 장기 한두 곳만 채취해 조직검사를 의뢰했는데, 최근에는 연구를 위해 도움을 주시는 교수님께 병변이 없는 장기까지 포함해 6~8곳의 샘플을 채취해서 검사를 진행한다. 대부분의 중요 장기를 검사하면 사망 원인에 더욱 근접하게 다가갈 수 있다. 의심되는 특정 부위만을 검사하면 오판 가능성이 높아진다. 그 질환이 직접적인 사인일 수도 있지만 단순한 기저 질환일 수도 있기 때문이다. 반면 모든 장기에 대해 조직 검사를 실시하면 전체적인 상태를 통합적으로 판단할 수 있고, 사망 원인을 추론하는 데 있어 오류가 줄어든다.

떠난 동물을 정확히 분석하는 일은 남은 동물의 건강 관리를 위한 매우 중요한 정보를 준다. 우리는 부검을 통해서 불필요한 희생을 미연에 방지할 수 있다. 수의사의 역할은 치료를 잘하는 것뿐만 아니라 사육 시설에 있는 동물을 관리해 질병을 예방하는 것까지 포함한다. 특히 집단 관리가 필요한 시설에서는 더욱 그

부검, 떠난 동물을 위한 예의

러하다. 현재도 여러 아쿠아리움과 동물원 진료를 담당하면서 사육 시설 점검과 각각의 동물종에 대한 사양 관리를 가장 중요하게 신경 쓰고 있다.

떠난 동물에게는 예를 다해야 한다. 수의사는 그 죽음을 헛되이 하지 않기 위해 사람의 과오를 제대로 파악하고 남아 있는 동물에게 집중해야 한다. 그것이야말로 떠난 동물을 위한 길이다.

이별을
준비하는
방법

"난 너와 함께 놀 수 없어. 나는 길들여지지 않았으니까."

여우가 말했다.

"그래? 미안해." 잠시 생각하던 어린 왕자가 다시 말했다. "'길들인다'는 게 뭐지?"

(……)

"너는 나에게 이 세상에 단 하나뿐인 존재가 되는 거야. 나도 너에게 세상에 하나뿐인 존재가 되겠지."

생텍쥐페리의 『어린 왕자』에서 어린 왕자와 사막여우가 나누는 이 대화는 워낙 유명하다. 많은 사람들이 이 글에 공감하는 것은 그만큼 우리가 타인과 맺는 관계를 너무나도 잘 설명하기 때문일 것이다.

우리는 누군가와 관계를 맺으면 서로에게 익숙해지면서 특별한 존재가 되어간다. 동물과 맺는 관계도 마찬가지다. 동물과 관련 없이 살아가는 사람에게는 동물이 그냥 이 세상에서 살아가는 흔히 볼 수 있는 다른 생명 그 이상도 그 이하도 아닐 것이다. 그러나 동물과 직접 관계를 맺을 때 서로는 세상에 하나뿐인 유일한 존재가 된다.

우리는 세상을 살아가며 다양한 인간관계를 형성한다. 새로운 관계를 맺고 끝내기를 반복한다. 많은 관계를 맺고 끊기를 반복하다 보면 점점 관계에 무뎌지게 마련이다. 중년의 나이에 접어든 나도 모든 인간관계에 깊은 의미를 부여하는 일을 피하곤 한다. 관계 맺음에 있어 서로 조심스럽게 접근하게 되는 것이다.

하지만 이것은 인간과 인간의 관계일 경우고, 인간과 동물이 맺는 관계는 조금 다르다. 동물은 관계를 선택할 수 없기 때문이다. 동물은 관계를 조심할 수도, 피할 수도 없다. 우리 사람이 그들을 선택하고 가족으로 받아들이며 관계가 시작된다.

그렇게 시작된 관계는 시간이 흐르면서 깊어진다. 모르는 개와 고양이가 아니라 서로의 존재에 익숙해지고 길든 가족이 되는 것이다. 개나 고양이만이 아니라 앵무새, 토끼, 페럿, 햄스터 등 모든 종과 가능한 일이다. 병원에서 만나는 보호자들은 어떤 동물을 키우든 상관없이 반려동물을 가족으로, 소중한 관계로 대하는 모습을 보인다. 호기심으로 동물을 데려왔더라도 나중에는 인생을 공유하는 관계가 되는 경우를 자주 목격한다. 자녀가 데려온 반려동물을 학업이나 직장 생활 등의 이유로 떠안은 부모들도 어느새 그 동물들과 둘도 없는 친구가 되어 있다.

동물과 함께 산다는 것은 사람이 아닌 다른 종과 인연을 맺고 산다는 것을 의미한다. 사람이 사는 세상에서 말로 소통할 수 없는 동물과 함께 산다는 것은 곰곰이 생각해보면 매우 특별한 경험이다. 우리는 같은 종과의 사이에서도 존재만으로 위로받기가 참 어렵다.

그런데 다른 종과 그게 가능한 것이다. 다른 종의 생명을 존중하고 그들과 교감을 나눌 때 우리의 삶은 더욱 풍요로워진다.

한 도서의 추천사를 부탁받았다. 앵무새를 키우는 보호자분이 앵무새와 함께한 추억을 글로 써내려간 책이다. 원고를 읽어 내려가는 동안 보호자와 앵무새 치즈의 일상을 엿보았다. 미소를 멈출 수 없었다. 앵무새 치즈와 보호자는 삶을 공유하는 동반자로서 함께 삶을 영위하고 있었다.

그 책에 실었던 추천의 글을 옮겨본다.

생명이라는 것은 늘 사람을 배우게 한다. 어쩌면 그냥 지나치고 아무 의미도 부여하지 않았을 존재가 내게로 와 삶의 큰 부분을 공유하는 존재가 된다. 개, 고양이뿐만 아니라 다양한 종의 동물들을 만나며 각각의 동물들을 바라보는 보호자분들의 생각을 들어보면 지금까지의 내 기준보다 더욱 그들을 존중하고 생명의 가치를 부여하는 경우를 자주 목격한다.

사람이 중심으로 살아가는 세상에서 다른 종의 동물에게 나의 감정을 공유하고 함께 의지하며 살아가는 것은 우리의 삶을 더욱 풍요롭게 할 수 있다고 믿는다. 온 정성을 들여 앵무새와 삶을 공유하려는 저자분들의 모습은 우리가 개나 고양이 같은 친숙한 반려동물을 키우는 모습과 어쩌면 아이를 키우는 모습과 크게 다르지 않아 보인다. 우리와 다른 모습을 하고 정확한 의사소통이 되지 않는 생명과 모든 감각을 열어 공감하려고 다가가는 모습에 생명은 그 껍데기의 가치가 아닌 그 자체만으로 존중받아야 하고 소중하다는 것을 깨닫는다.

『안녕하새오, 앵무새 치즈애오』(권윤택, 김준영 저)
추천의 글

만남에는 끝이 있는 법이다. 동물과의 관계에서도 늘 이별을 맞닥뜨리게 된다. 우리와 특별한 관계를 맺었던 생명이 영원히 함께하기를 바라는 것은 당연한 일이나

이별을 준비하는 방법

대부분의 반려동물은 생물학적으로 사람보다 수명이 짧다. 그래서 우리는 보통 보내는 입장에 서게 된다.

동물병원을 운영하다 보면 자주 반려동물의 마지막을 함께하게 된다. 노령의 동물이 편안하게 안식에 들 때 곁에서 보내주는 경우도 있다. 그러나 병원이라는 장소의 특성상 심각한 질환으로 평균 수명보다 조금 일찍 세상을 떠나는 경우나, 더는 치료가 불가능해 고통을 줄일 목적으로 안락사를 시행하는 경우를 좀 더 많이 접한다.

수의사에게 가장 힘든 일을 꼽으라고 한다면 많은 이들이 공통적으로 안락사라고 이야기할 것이다. 안락사는 회복이 어려운 중증 질환 환자의 고통을 덜어주기 위해 마지막으로 선택하는 의료 행위다. 어떻게 보면 수의사가 수행해야 할 가장 신성한 의료 행위이지 않을까.

죽음을 결정하는 일에는 언제나 신중해야 한다. 환자의 상태가 명확하고 보호자가 상황을 객관적으로 받아들였을 때, 안락사가 환자와 보호자 모두에게 최선의 선택인 경우에만 안락사를 권유한다.

최근 방송에서든 인터넷 매체에서든 '펫로스^{pet loss} 증후군'이라는 말을 심심치 않게 들을 수 있다. '펫로스 증후군'은 가족으로 지낸 반려동물을 떠나보내고 나서 겪는 상실감과 우울증을 의미한다. 종이 다르더라도 깊은 관계를 맺었던 존재와의 이별은 받아들이기 힘든 일이다. '반려동물'이라는 단어를 썼지만 집에서 키우는 반려동물만 대상이 되지는 않는다. 야생동물 구조 센터에서 일하는 분들에게는 야생동물이, 동물원 사육사들에게는 동물원 동물이 그 대상이 될 수 있다.

작별을 준비하는 보호자에게 나는 늘 이렇게 이야기한다.

"지금의 상황에 대해서 자책하거나 슬퍼하지 마세요. 지금까지 아이와 함께했던 시간을 차근차근 떠올리면서 말을 걸어주세요. 과거에 함께 찍었던 사진도 보여주면서 조금씩 작별을 준비하세요. 슬픔보다 함께한 시간에 대한 고마움을 느끼면서 보내주세요. 아이도 떠날 때 눈물보다는 감사와 사랑에서 나오는 미소를 더 보고 싶을 거예요."

이별을 준비하는 방법

이 세상의
주인

사람을 어떤 방식으로든 접했던 동물들에게, 진정한 자유란 절대 주어질 수 없는 것처럼 보인다.

후쿠시마 원전 피해로 인해 버려진 동물들의 모습을 기록한 『후쿠시마에 남겨진 동물들』(오오타 야스스케 저)을 읽고 서평을 쓰며 떠오른 생각이다.

원전 사고 후 동물 구조 활동을 위해 후쿠시마로 찾아간 봉사대원은 그곳에서 처참한 실상을 보았다. 어느 누구도 신경 쓰고 보도하지 않던 그 동물들의 현실을 기록한 것이 이 책이다. 책에 실린 사진들을 보고 있자니 만감이 교차했다. 사람의 간섭에서 벗어나 자유로워진 동물들의 삶을 응원해주고 싶은 마음이 들었던 한편, 동물을 대하는 인간의 자기중심적 태도가 여기서 드러나는 것 같아 미안했다.

무슨 일이 일어난 건지 아무것도 모르고 축사에 고립되어 굶어 죽어가는 수많은 가축, 배수로 같은 인공적인 시설 때문에 도망치지도 못하고 죽어가는 야생동물, 언제 올지 모를 주인만 집에서 한없이 기다리는 반려동물. 너무나도 사람 가까이서 살았던 이 동물들이 사람의 흔적에서 벗어나 자신이 꾸리는 온전한 삶을 살아가기란 요원해 보인다. 사람은 지구에 너무 많은 흔적을 남겼고 동물들에게 너무 많은 영향을 끼쳐왔다. 그러니 우리는 동물들과의 조화를 계속해서 고민해야 한다.

어떻게 우리는 지구를 공유하고 있는 다른 생명들과 조화롭게 살 수 있을까? 문명이 발달하면서 사람은 자연을 소유물처럼 여기며 마음대로 사용하고 훼손하고 파괴해왔다. 기후가 변했고 생태계는 파괴되었다. 이상 기후는 인간 사회에도 영향을 끼치고 있고, 서식지를 잃은 멸종위기종은 늘어만 간다. 세계를 뒤흔드는 메르스와 코로나 같은 질병도 생태계의 파괴가 불러일으킨 참사다.

뒤늦게 위기의식을 느낀 사람들은 생태계 보호를 외치며 멸종된 동물들을 복원하고 동물들의 서식지를 보존하려고 애쓰고 있지만 처음부터 이런 일이 없었다면 좋았을 거라는 생각이 들 수밖에 없다.

다른 생명에 대한 무관심이 이런 폐해를 불러왔다. 사람들은 생태 연구 결과를 무시하고 동물 서식지를 파괴했고, 야생동물을 무분별하게 포획해 거래하다 신종 전염병이 발생했다. 플라스틱 쓰레기가 바다를 뒤덮어 해양 생태계도 무너지고 있고, 환경부 자료에 따르면 국내에서만 하루 2만 마리 이상의 새들이 유리창에 부딪쳐 죽음을 맞는다. 하나하나 다 적을 수 없을 만큼 다른 생명을 괴롭히는 일들이 많다. 조용히 살고 있는 생명에 대해 고민하지 않고 사람의 편리함과 효율성만을 추구하다 보면 다른 생명들이 대신 고통받는다.

우리가 생명을 존중하지 못함으로써 생긴 문제들이 이제는 돌고 돌아서 우리에게 피해를 주고 있다. 이 말을 다른 관점에서 보면 이렇게 해석해볼 수도 있을 것이다. 다른 생명을 존중한다면 그 행동이 미래의 우리에게 긍정적인 영향으로 돌아올 것이라고.

생명을 존중하기 위해 멀리까지 갈 필요가 없다. 우선 우리 주위를 둘러보자. 쉽게 만날 수 있는 반려동물들, 사람을 위해 키워지는 가축들, 동물원이나 수족관에서 살아가는 동물들. 이 모든 생명을 단순히 물건처럼 여기지 않고 존중할 때 진정 조화로운 삶이 시작된다. 이 세상은 오직 사람을 위한 곳이 아니다. 수많은 동식물들 또한 태초부터 이 세상의 주인이었다.

사람들은 직업에 귀천이 없고, 사람들이 서로의 일을 존중해야 한다고 말한다. 하물며 생명은 직업보다 앞서 존재하는 개념이다. 그러니 생명 또한 귀천이 없어야 한다. 모든 사람들이 각자의 위치에서 다른 생명을 존중한다면 더욱 풍요롭고 지속 가능하게 동물과 함께하는 삶을 살아갈 수 있으리라 믿는다.

나는 모든 생명 앞에 평등한 수의사가 되고 싶다.

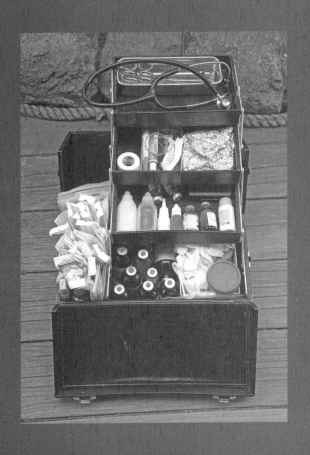

작가의 말

동물원에서 근무하는 동안 동물원의 일상을 글로 옮기고 싶다는 생각을 자주 했습니다. 인상 깊었던 사건들을 사진과 함께 정리해 두곤 했습니다. 그러나 언젠가 내 이야기를 책으로 옮기겠다는 다짐은 다른 수많은 다짐들과 함께 책상 서랍 안에 들어가게 되었습니다.

처음 출판을 제안받았을 때, 실용서나 교양서가 아닌 에세이를 구상한다는 이야기를 들었을 때 서랍 안에 숨겨둔 다짐을 꺼낼 수 있다는 설렘에 덜컥 수락했습니다. 하지만 평소 짧은 보고서만을 쓰던 저에게 저자의 경험과 영감을 공유하는 에세이 집필은 어려운 작업이기도 했습니다. 어떻게 이야기를 풀어야 할지 감이 잡히지 않아 헤매기도 하고 새롭게 공부하기도 하며 마무리를 지었습니다.

글을 쓰기 위해 지난 20여 년의 세월을 되짚어 보며 제 삶을 반추했습니다. 대학을 다니던 시절의 고민부터 야생동물 구조센터의 눈물 나는 사건들, 더 넓고 새로운 세상을 알려준 동물원 생활, 내가 원하는 동물병원을 만들기 위해 고군분투한 시간, 동물원을 나와 다시 찾은 수족관과 동물원, 그 모든 곳에서 만난 사람들과 동물들……. 이 책이 인생의 2막을 시작하기 위한 제 삶의 전환점이 되기를 바랍니다. 앞으로 펼쳐질 2막에서도 더 흥미진진한 이야기가 펼쳐질 것을 믿어 의심치 않습니다.

병원 업무가 끝나고 불 꺼진 진료실에서 추억을 여행하며 글을 써 내려간 지 1년이 훌쩍 지났습니다. 교정을 위해 초고를 검토하던 중 저도 모르게 빠져들어 흐뭇하게 웃다가 아쉬워하고 속상해하고 대견스러워하며 시간 가는 줄 모르고 읽었습니다. 이렇게 값진 선물을 제 손으로 직접 제게 선물할 기회를 주신 현암사와 정성스럽게 글을 다듬어주신 김솔지 편집자님께 감사드립니다.

또한 지금까지 수의사로서 올바른 길을 걸을 수 있

도록 지도해주시고 영감을 주셨던 분들을 떠올려봅니다. 야생동물의 참된 가치를 깨닫게 해주신 김종택 교수님, 동물원이 나아갈 방향을 알려주시고 함께 고민해주신 권수완 원장님, 반려동물 수의사로서 학문에 대한 끊임없는 열정을 전해주신 권대현 원장님, 다시한번 가슴 뛰는 수생 동물의 세계로 인도해주신 장유진 본부장님, 몸소 유기 동물에 대한 사랑을 보여주신 신재금 선생님께 감사를 드립니다.

2021년 2월

오석헌

추천의 글

김선아(김선아동물행동연구소 대표)

수의사가 되기 전에는 동물원에 가는 것이 즐거운 나들이였지만, 수의사가 되어 동물의 행동에 대해 더 많이 알게 될수록 동물원에 가는 것이 힘들어졌습니다. 알수록 더 많이 보이고, 볼수록 마음이 아파졌습니다. 하지만 동시에 우리나라 동물원에서 희망도 보았습니다. 동물원 환경은 동물을 위해서 꾸준히 변화해왔고, 동물들의 행동이 점점 건강해지는 것도 볼 수 있었습니다. 그 변화는 많은 분들이 동물들의 삶의 질을 높이기 위해 최선을 다한 결과였습니다.

추천의 글을 부탁받고 설레는 마음으로 책을 펼쳤습니다. 단숨에 읽은 것이 너무 아까워서, 앉은자리에서 한 번 더 읽었습니다. 더 읽고 싶었고, 더 많은 이야기가 궁금해졌습니다. 이 책에는 동물원 동물들의 몸과 마음이 건강해지도록 최선을 다하는 사람들의 노력과 열정이 고스란히 실려 있습니다. 생명에 대한 사랑을 넘어, 존중이 넘쳐납니다. 책을 덮고 나니 이제는 조금 덜 아픈 마음으로 동물원에 발걸음 할 수 있을 것 같습니다.

저는 수의사로서 이 세상이 모든 생명을 포용하기 위한 곳임을 알고 있습니다. 우리를 대신해 야생동물의 보호자와 담당의가 되어주신 오석헌 수의사님께 감사의 인사를 드립니다. 모든 동물의 건강을 위해 일하는 선생님의 열정이 분명 많은 이들의 마음에 생명 존중의 씨앗을 심어줄 거라 생각합니다. 도움의 손길이 닿지 않는 곳에서 조용히 죽어가고 있을 야생동물을 위한 선생님의 기도에 제 마음도 더해봅니다.

우리 곁의 동물은 행복할까요? 네, 어제보다는 오늘 더 행복하고, 오늘보다는 내일 더 행복해질 거예요. 이 책 덕분에 오석헌 수의사님의 마음을 닮은 사람들이 더 늘어날 테니까요. 그리고 그 동물들 덕분에 행복해진 사람들도 더 늘어나겠지요!

추천의 글

김정호(청주동물원 진료사육팀장)

출장으로 방문한 용인의 동물원에서 그를 처음 보았다. 책임감만큼이나 무거워 보이는 검은색 가방을 한 손에 들고 회진을 돌고 있었다. 넓은 동물원을 걸어 다니는 것이 힘들 만도 한데 가방의 무게와 달리 그의 미소는 가볍고 경쾌했다. 동물을 자극하지 않기 위해 무광택 제복을 입었지만 눈만은 호기심으로 반짝거렸다.

　대학교에 재학하던 시절부터 부상 입은 새 한 마리를 살리기 위해 두세 시간 거리를 마다하지 않고 오갔던 열정의 소유자였으며, 직업인이 되어서도 현실에 안주하는 것을 경계하려 옛 실습생의 발표 자료를 다시 꺼내보는 염치 있는 사람이다. 그렇게 동물원을 아끼던 그가 퇴사 후 3년이나 지나서야 동물원을 다시 찾을 수 있었다던 대목에선 가슴이 먹먹해진다.

몇 해 전 그의 병원을 찾아 간 적이 있다. 그는 동물원 수의사라는 경력을 살려 국내에 처음으로 특수 동물 전문 병원을 만들었다. 그곳에 머무르는 잠시 동안에도 전국에서 찾아온 동물 환자들을 볼 수 있었다.

그는 이 책에 모든 생명이 존중받는 세상이 오기를 바라는 마음을 담았다. 오늘날 우리 모두에게 필요한 삶의 자세가 아닐까.